KB261138

아가멤논의 딸

이 도서의 국립중앙도서관 출판시도서목록(CIP)은
e-CIP홈페이지(http://www.nl.go.kr/cip.php)에서 이용하실 수 있습니다.
(CIP제어번호 : CIP2007003265)

아가멤논의 딸

이스마일 카다레 장편소설
우종길 옮김

문학동네

이스마일 카다레가 파리에 체류한 적은 드물었지만 그 드문 날 가운데 하나인 1986년 어느 날, 카다레는 당시 알바니아에서는 출간이 불가능한 원고 몇 편을 프랑스의 믿을 만한 장소에 예치시키고 싶다는 말을 전해왔다. 짤막한 소설 두 편, 장편소설 한 편, 그리고 시집이었다.

당시 카다레는 이 원고들 중 몇 장(張)만 가지고 있었다. 원고의 '외부 반출'은 공식적으로 알바니아 법에 의해 금지되어 있었기 때문에, 카다레는 이 원고의 주요 인물들의 이름과 배경을 독일이나 오스트리아 식 이름과 배경으로 바꾸어서, 서구 어느 작가의 번역본인 것처럼 보이도록 위장해놓고 있었다. 이 번역본의 원저자라는 서구의 작가로 카다레는 지크프리트 렌츠라는 서독 작가를 택했다. 렌츠는 알바니아에서 어느 정도 알려져 있는 인물이긴 했지만 그의 저작 중에 '3인의 K'라는 제목의 소설이 실제로 있는지 없는지 속속들이 알 수 있을 정도로 유명하지는 않았기에, 후에 『그림자』라는 제목으로 출간된 카다레의 소설이 당시에는 지크프리트 렌츠가 쓴 『3인의 K』라는 소설로 알려져 있었다.

그로부터 얼마 후 이스마일 카다레는 또다시 원고 몇 장을 알바니아 밖으로 빼내오기는 했지만, 여전히 위험이 큰 상태여서 그런 위험을 무릅쓴 것에 비해서는 빼내온 분량이 너무나 적었다. 나머지 원고를 가져오기 위해 가장 좋은 방법은 내가 직접 티라너에 다녀오는 것이라는 데 우리는 의견의 일치를 보았다. 나는 연속해서 두 번이나 알바니아에 다녀왔고, 그 결과 『그림자』 『아가멤논의 딸』 『남쪽으로 날아가는 철새』 그리고 시 원고를 모두 다 온전히 빼내올 수 있었다.

이 원고들은 파리의 시(市) 금고에 예치되었다. 이스마일 카다레는 내가 필요하다고 판단하는 즉시 금고를 열어볼 수 있도록 허락을 했고, 금고의 열쇠를 내게 넘겨주었다.

이 '위험한' 원고들이 예치됨으로써, 만약 작가가 자연

사나 '사고사' 하게 될 경우에 출판사는 그의 미발표 작품 일부를 최대한 빠른 시일 안에 출판할 수 있도록 허가를 받아놓은 셈이었다. 차후에 혹시 공산당의 선전으로 작품과 작가의 이미지가 왜곡되는 일이 생기더라도, 이 미발표 원고들의 보유 과정을 설명하면 얼마간 왜곡을 바로잡을 수 있으리라는 것이 우리 모두의 생각이었다. 물론 당시에는 다른 사람들처럼 이스마일 카다레도 언젠가 알바니아에서 공산주의가 붕괴하는 날이 오리라고는 생각하지 못했다.

믿을 만한 장소에 예치해놓은 여러 권의 시집과 세 권의 소설에는 이스마일 카다레가 당시 알바니아 체제에 대해 어떤 생각을 갖고 있었는지 확실하게 표현되어 있다. 이것은 그가 그전까지 『꿈의 궁전』 『치욕의 둥지』 『콘서트』 등과 같은 소설에서는 암시적이고 간접적인 방식으로만 다루어오던 테마였다.

프랑스로 빼내온 이 원고들 가운데 가장 먼저 발표된 것은 1994년에 출간된 『그림자』였다. 이 작품은 특히 제1부에서 독일 작품으로 위장하느라 만들어놓았던 장치들을 모두 없애는 수정을 거쳐 탄생되었다. 프랑스로 빼내올 당시에는 작품의 우선적인 소명이 메시지를 전달하는 것—

즉 일차적인 의미로는 국경을 넘는 것—이었기에, 뻔히 알면서도 남겨둘 수밖에 없었던 예술상의 결함들을 비로소 바로잡을 수 있게 된 것이다.

『남쪽으로 날아가는 철새』는 좀더 나중에 출간되었다. 이 책은 알바니아에서 동시에 두 가지 판본으로 출간되었는데, 하나는 알바니아에서 빼내온 원본 그대로였고, 다른 하나는 알바니아로 돌아가게 될 때를 대비해 카다레가 원하는 방향으로 수정이 가해진 것이었다(프랑스어로 번역된 것은 물론 이 두번째 버전이다).

빼내온 원고 가운데 세번째 작품인 『아가멤논의 딸』은 1984~1986년에 쓰인 원고 그대로, 조금도 수정되지 않은 채로 여기에 발표한다. 이 작품은 2부작의 제1부이며, 제2부인 『후계자』는 2002~2003년에 집필되었다. 이 두 편의 짧은 소설에는 동일 인물들이 등장하며, 이스마일 카다레의 문학작품 가운데서도 가장 완성도가 높은 작품들이다.

클로드 뒤랑

1

밖에서는 행사 음악 소리, 구경꾼들의 소란스러운 소리, 그리고 그 소리에 묻혀 희미하게 들리는 군중의 발걸음 소리 등, 퍼레이드를 구경하러 가는 군중만이 낼 수 있는 독특한 소리가 울려오고 있었다.

아마 열 번은 족히 되는 모양인데, 내가 창문의 커튼을 슬그머니 젖혀볼 때마다 똑같은 광경이 눈앞에 펼쳐졌다. 도심을 향해 집결하는 인간 물결의 느릿한 소용돌이. 거리에서는 지난해와 마찬가지로 플래카드와 꽃다발, 정치국 위원들의 초상화 등등이 북적거리고 있었다. 바글거리는 사람들의 머리와 손 위로 들어올려진 초상화 속의 얼굴들은 평소보다 더 뻣뻣하게 굳어 보였다. 초상화를 들고 가는 사람들이 어쩌다 다른 방향으로 움직일 때면, 페인트로 그려진 그 얼굴들은 위협적인 눈길로 사람을 쏘아보는 듯했다. 그렇지만 그들은 시선이 서로 마주쳐도 서로를 알아보지는 못하는 것 같았다.

커튼을 놓은 나는 손에 아직도 초대장을 움켜쥐고 있다는 것을 알았다. 내가 5월 1일 노동절 기념 대회장에 초대를 받아 가게 된 것은 이번이 처음이었는데, 초대장을 건네받던 순간에도 그랬지만 지금도 내 이름이 정말로 초대장에 인쇄되어 있다는 것이 여전히 믿어지지 않는다. 당의 부서기도 당황하기는 마찬가지인 기색이었다. 그의 얼굴에서 그저 부러움만을 엿볼 수 있었다고 한다면 그것은 아마 틀린 말일 것이다. 거기에는 어리둥절한 모습도 섞여 있었다. 어떤 의미에서는 그럴 만도 했다. 나는 최고회의 간부회에 참석을 하고 국경일 대회장에 초대를 받는 부류의 사람이 아니었다. 나중에 알려진 사실이지만, 아무리 당 지역 위원회가 해마다 올린 후보자 명단과는 다른 후보 명단을 올리라고 해서 그 부서기가 직접 내 이름을 올렸다고는 해도, 부서기의 놀라움은 결코 덜할 수 없었다. 새 명단이 그대로 통과되리라고는 꿈에도 생각하지 못했을 테니까. 이런 요구야 해마다 있는 일이지, 하지만 결국 초대를 받는 사람들은 언제나 똑같은 사람들이잖아, 하고 그는 속으로 생각했을 것이 틀림없다.

축하하네, 축하해, 하고 그는 내게 초대장을 건네면서 귀엣말을 했지만, 마지막 순간에 그의 두 눈에서는 부러움과 놀라움 외에 다른 것도 보이는 것 같았다. 그의 미소 속에는 똑같이 그의 몸에서 나오기는 했어도 성격은 전혀 다른 뭔가가 있었다. 그것을 지칭할 적절한 표현은 아마 '썩은 미소'쯤 될 것 같았다. 뭔가 의미가 함축된, 뭔가를 묻는 듯한, 이를테면 은근히 간교한 미소라고 할 수 있는데, 그 간교함은 사적인 공감이 섞여 있는, 남모르는 공범 의식으로 서로 연결되어 있는 사람들 사이에서 찾아볼 수 있는 그런 것이었다. 그 미소는 이렇게 말하는 듯했다. 이 초대장이 하늘에서 뚝 떨어진 것은 아니지 않은가, 안 그래, 이 친구야? 뭘 해준 대가로 이걸 따냈나? 하긴 아무렴 어때, 축하하네, 친구!

그의 태도가 하도 노골적이어서 나는 얼굴이 다 화끈거렸다. 더욱이 집으로 돌아오는 길에도 뭔가가 잘못되었다는 느낌이 내내 머리를 떠나지 않았다. 몇 번이고 나는 나자신에게 물어보았다. 맞아, 정말이지 대체 내가 뭘 어쨌다고 이 초대장이 내 손에 굴러 들어온 걸까?

소란스러운 골목과는 달리 아파트는 평소보다 훨씬 더 적막한 것 같았다. 조용하고 텅 빈 느낌. 모두들 퍼레이드가 시작되는 곳으로 가버리기도 했거니와, 나의 발소리는 공간을 채우기는커녕 고요와 공허감만 한층 더할 뿐이었다. 오늘 같은 날에는 모든 게 다 그렇듯이 고요와 공허감까지도 독특한 성격을 띠고 있었다.

나는 수잔나를 기다리는 중이었다. 하지만 내 가슴을 후벼 파는 느낌은 평소에 젊은 여자를 기다릴 때 수반되는 그런 불안스러운 설렘과는 전혀 비슷하지 않았다. 뭔가 사람을 좀더 짓누르는 듯한, 압박감에 더 가까운 이 느낌은 골목에서 끊임없이 올라오는 지겨운 소란과 음악 소리로 인해 현저하게 증폭되어만 갔다. 초상화 하나가 급기야 그것을 들고 있는 사람 위로 불쑥 올라와 창문으로 고개를 내밀고서는 페인트칠로 시선이 고정된 두 눈으로 아파트 내부를 빙 둘러볼 것만 같은 느낌이었다. 자네 여기서 뭘 하고 있나? 아, 그러니까 대회장 관람석의 자네 자리를 포기하려 한단 말인가, 그깟 여자 하나 때문에, 응?

"여덟시 반까지 오지 않으면 더이상은 기다리지 마" 하고 수잔나는 내게 말했었다.

이 말이 떠오를 때마다, 내 시선은 여지없이 우리가 마지막으로 대화를 나누었던 소파를 향해 미끄러지곤 했다.
우리의 대화는 한없이 슬펐다. 반쯤 벌거벗은 채로 있던
그녀의 모습처럼, 그녀의 말도 반쯤은 의미를 상실한 채로
그녀의 입에서 조각조각 떨어져 나오고 있었다. 그녀가 나
를 만나기가 점점 더 어려워지고 있다…… 그녀의 아버지
가 끊임없이 승진하고 있다…… 어느 때보다도 더 그들
가족은 주목의 대상이 되어 있다…… 이 주일 전 중앙위
원회 총회 때에도 그녀의 아버지는 또 승진을 했다……
따라서 그녀는 생활방식부터 옷차림새, 만나는 사람들까
지 모두 다 바꿔야 한다…… 그렇지 않으면 아버지에게
누를 끼칠 우려가 있다……

"네 아버지가 그……렇게(그때까지만 해도 나는 그걸
뭐라고 불러야 할지 모르고 있었다) 하라고 시킨 거니, 아
니면 네가 스스로 내린 결정이니?"

그녀는 뚫어져라 나를 바라보다가 대답했다.

"아빠야. 하지만……"

"하지만 뭐?"

"아빠에게서 설명을 듣고 나니까 나도 생각이 같아졌어."

"그래?"

나는 얼굴에 모래라도 한 줌 얻어맞은 것처럼 두 눈이

빨개지는 것을 느꼈다. 실언을 했다고 느꼈던지, 그녀는 내 어깨 위에 머리를 기댔다. 깨진 유리 시험관처럼 차디찬 그녀의 손가락들이 내 목덜미 위의 머리카락을 쓰다듬었다.

대체 왜 그러니? 하고 나는 따져 묻고 싶었다. 왜 너만 그러는 거야? 다른 간부 집 자녀들은 오히려 신분을 이용해서 더 자유로운 삶을 누리고 있잖아. 승용차도 굴리고, 해변의 별장에서 깜짝 파티도 벌이고…… 그녀가 직접 말을 꺼내지 않았더라면 아마 내가 푸념을 늘어놓고 말았을 것이다. 사실 다른 간부들은 대개 자녀들이 어느 정도 자유를 누리도록 놓아두었는데, 그녀의 아버지는 도무지…… 정말이지 별난 사람이었다…… 머릿속에서 어떤 생각을 꾸미고 있는지 도통 알 수가 없는 사람이었다…… 아니면 반대로 일관성이 있는 사람이어서, 하늘이 무너져도 어겨서는 안 된다고 생각하는 어떤 원칙 같은 거라도 가지고 있는 것일까?…… 만일 5월 1일 기념식 행사에서 그가 지도자 동지의 오른쪽에 서 있는다면 우리 사이는 영원히 끝장나고 말 것이다……

내가 말이 없자 그녀는 내가 상황을 완전히 파악하지 못하고 있다고 생각했다. 날 이해해줘, 하고 그녀가 흐느끼며 말을 이어갔다. 여론 때문에라도 아빠로서는 딸이 이미 약혼녀가 있는 남자와 사랑을 나눈다는 건 상상조차 할 수 없는 일이야. 언젠가는 알려지고 말 테니까. 지금은 특히 더 그래. 모르겠어? 결국엔 반드시 세상에 알려지고 말 거잖아.

나는 뭐라고 대답해야 할지 몰랐다. 내 시선은 그녀의 두 다리에 머물러 있었다.

"자기한테도 좋을 일 없어" 하고 그녀는 곧바로 덧붙였다.

"난 전혀 상관없어."

"말이야 그렇지, 하지만 나중에는 자기도 후회할 거야. 게다가 자긴 지금 장학금을 받아서 빈으로 유학 갈 꿈을 갖고 있잖아."

나는 그녀의 벗은 몸을 계속해서 응시했다. 사실 나는 그 몸을 세상 그 무엇과도, 설사 그게 빈 유학이라 하더라도 그 무엇과도 바꿀 마음이 털끝만치도 없었다. 성숙한 여인의 몸이기도 하고 어린 소녀의 몸이기도 한, 그 희고 매끈한 몸뚱어리를. 아랫배는 샹젤리제, 아랫배의 맨 끝은 개선문, 그리고 영원히 활활 타오르는 개선문의 조그만 장밋빛 불꽃…… 사랑을 나누는 동안 그녀처럼 황홀한 꿈이라도 꾸는 듯이 만면에 미소를 머금는 여자를 나는 아직까지 한 번도 만나본 일이 없었다. 그 황홀감은 이윽고 광대뼈에서 하얀 베개 위로 퍼져나가곤 했는데, 일단 꺼지고 나서도 짧은 순간 계속해서 빛을 발하는 듯한 착각을 일으키는 텔레비전 화면처럼, 그 베개는 그녀가 떠나가고 나서 제 본래의 운명에 도로 내맡겨진 후에도 어둠 속에서 약간의 빛을 발산하는 듯이 보였다. 그녀 주변의 모든 것이 그녀가 사랑에 관해서는 열정적이고 진지하고 뜨거운 자세로 임한다는 것을 보여주고 있었다.

2

빈 소파를 응시하는 동안에도, 멀리서 계속 들려오는 여러 가지 행사 준비 소리가 내 두 귀를 쩌렁쩌렁 울려댔다. 게다가 그때 우리가 나누었던 대화는, 마치 보석이 진열장에서 더욱 빛을 발하듯 상실감으로 인해 더욱 깊은 의미를 지니고 내 귀를 계속 맴돌았다.

만약 5월 1일에…… 하지만 그렇다고 해도 자긴 조금도 슬퍼하면 안 돼…… 그게 나한테는 쉬운 일일 거라고 생각하진 마…… 자기가 뭐라고 할지는 나도 알아…… 하지만 이 희생은 꼭 필요한 거야…… 난 언제까지나 자길 생각할 거야……

이 희생…… 하고 나는 마음속으로 되뇌었다. 이거야말

로 꼭 알맞은 단어였다.

내가 그녀의 말 한 마디 한 마디가 진심이라고 믿은 것은 그녀가 언제나 모든 것을 진지하게 받아들이는 사람이었기 때문이며, 습관상 빈말을 하거나 감정을 꾸미는 사람이 아니었기 때문이다. 그녀가 그…… 희생……이 꼭 치러져야 한다고 확신한다면, 그녀의 생각을 돌이키려 애써보았자 소용없는 일이었다.

그런 건 시도조차 해보지 않았다. 그녀가 떠나가고 난 후 몇 시간 동안이나 나는 방 안을 이리저리 우울하게 서성거리다가 결국 책꽂이 앞에 섰다. 일종의 비몽사몽 속에서, 얼마 전에 읽은 『그리스 신화』라는 로버트 그레이브스*의 책을 책꽂이에서 꺼내 뒤적거리기 시작했다.

내 상념의 메커니즘이 어떤 알 수 없는 과정을 통해 '희생'이라는 단어에서 평범하고 일상적인 의미(동지들, 이 시대는 우리에게 석유 전선에서의 희생을 요구하고 있습니다…… 축산 여성들의 희생은…… 기타 등등, 기타 등등)를 제거해버리고 멀리 아주 멀리까지, '희생'의 의미가

---

* Robert Graves(1895~1985). 영국의 시인·소설가·비평가·고전학자. 작품으로는 『나, 클라우디우스』『하얀 여신』『그리스 신화』 등이 있다.

아직 거창하고 피비린내 나던 시절로까지 기원을 거슬러 올라가게 되었는지, 나는 그 당시에도 이해할 수 없었지만 지금도 여전히 이해할 수 없다.

아득히 머나먼 시대로 일탈을 하고 보니, 사색은 확실히 한 단계 더 도약을 이루었다. 방금 수잔나가 말한 희생과 고대 이피게네이아가 겪은 희생의 차이를 생각해보면, 아닌 게 아니라 백지 한 장 차이였다.

내 머릿속에서 이렇듯 둘 사이의 유사성에 대한 느낌이 싹을 틔운 것은 수잔나가 때마침 희생이라는 단어를 사용했기 때문일까, 수잔나의 아버지가 이피게네이아의 아버지처럼 고위 관리였기 때문일까, 아니면 그냥 간단히 며칠 전부터 그레이브스의 책이 나를 신화의 세계 속에 빠뜨리고 있었기 때문일까?

앞에서도 말했다시피, 나는 그런 것을 설명할 수 있는 상태가 아니었다. 자리에 앉을 생각조차 하지 못한 채 조바심으로 속이 타들어가던 나는 아가멤논의 딸 이피게네이아의 전설적인 희생에 관련된 모든 내용을 열에 들떠서 다시 읽어보았다. 수긍이 가든 안 가든 희생의 그 모든 이유를 설명하는 다양한 가설을, 군(軍)을 겨냥한 무대연출(최후의 순간에 젊은 여자를 암사슴으로 바꿔치기한다거나 하는 등등)이라는 거짓 희생의 가능성까지 포함하여, 그리스 군 수장인 아가멤논이 그토록 잔혹한 짓을 저질러야만 했던 이유들을 살펴보았다.

이것을 모조리 다시 읽어본들 무슨 뜻이 있을까? 이것들이 내게 무슨 소용이 될 수 있겠는가? 그렇지만 나는 두꺼운 책을 탐욕스럽게 읽어나갔다.

일리온* 전쟁 벽두에
그리스인들은 이피게네이아를 희생시켰네.
혁명의 일리아스**에
나도 널 희생시키게 되리, 내 소중한 여인아……

내가 책꽂이에 책을 도로 끼워놓고 나서 지옥에 떨어진 영혼처럼 고통에 찬 마음으로 아파트 안을 이리저리 서성거리는 동안 나도 모르는 사이에 이 시를 짓게 된 것일까, 아니면 아득한 옛날 그 언젠가 읽었던 것이 시간에 의해 지워져 있다가 내 기억 속에 다시금 떠오른 것일까? 내게

---

* 트로이의 옛 이름.
** '일리온 이야기'라는 뜻.

모든 깊은 슬픔은 흔히 어떤 무감각 상태로 표출되곤 했다. 내가 이날 느낀 기분도 확실히 그런 것이었다. 마치 졸린 것처럼, 명확하게 할 수 있는 것은 아무것도 없었다. 가령 이 시의 지은이가 누구인지 이름을 댈 수 있는 상태가 아니었다. 그 희생을 가하는 사람이 누구인지, 나인지 아니면 그녀의 아버지인지, 정확하게 단정 지을 수 있는 상태도 아니었다. 때로는 그이고, 때로는 나이며, 아니면 심지어 두 사람 다인 것 같기도 했다.

바깥의 소음은 많이 약해져 있었다. 아마 사람들이 골목에서 다 빠져나가고 없는 모양이었다. 퍼레이드에 참가하기로 되어 있는 사람들은 이미 예정된 장소에 집결해 있을 것이다. 그러나 내 귓전을 때리는 침묵의 소리는 조금 전까지 들리던 소란스러운 소리 못지않게 적대적이고 위압적이었다. 내가 있을 곳은 그곳이라고, 소란스러운 행사장 한가운데이지 여기 이 고독 속이 아니라고, 그 소리는 매 순간 내게 상기시키고 있었다.

시간은 여덟시 반을 지나 있었다. 수잔나를 다시 만나볼 수 있다는 터럭만큼의 희망조차 이제 내게는 허용되지 않았다. 그녀는 언제나 약속 시간을 잘 지켰다. 그토록 축복받은 성실함이 이제 일체의 희망을 앗아가버리고 있는 것이다. 처음 오분간은 그녀가 늦는 것을(그녀가 자발적으로 포기하곤 했던 이 여성의 특권을) 변명해주려고 애썼다. 그래서 국경일에 흔히 있을 수 있는 교통 체증 탓으로 설명해보려고 무진 애를 썼지만, 기다림의 형벌은 완화되기는커녕 점점 더 가혹해지기만 했다. 처음 오분보다 훨씬 더 우울한 다음 오분이 이어졌는데, 그 두번째 오분 동안 나는 문턱을 딛고 서 있는, 혹은 문지방을 넘어서기 직전의 나 자신을 여러 차례 발견하곤 했다.

양다리를 걸치고 있다가 결국에는 둘 다 놓쳐버리는 일이 없도록, 나는 아홉시 십오분 전까지만 기다리겠노라고 결심을 해둔 터였다. 그녀를 기다리는 마음이 너무나 간절하여, 행사에 불참하면 어떤 일이 발생할까 하는 두려움도 없었고 핑계를 꾸며낼 용기도 있었다(길을 잃었다, 경찰이 예정보다 일찍 통행을 차단했다, 등등). 그녀가 오기만 한다면…… 하지만 어쨌든 그녀를 잃고 만 지금, 더이상은 행사에 불참하여 괜한 문제를 일으킬 하등의 이유가 없었다. 그리고 그곳에서, 대회장이나 아니면 아주 가까운 곳에서, 평소에 간부 자제들이 앉는 자리에서 그녀를 보게 될 가능성이 어느 정도는 있다는 것도 두말할 필요 없는 사실이었다.

방금 떠오른 이 생각에 나의 마지막 망설임은 흩어져버렸다. 아홉시 오분 전에 나는 문을 열고 밖으로 나섰다.

3

건물의 계단에는 인적이 없었다. 드물게 지나가는 행인 몇 명 외에는 골목도 마찬가지였다. 처음으로 안도감이 들었다. 아마 그 모든 공간이 비어 있기 때문인 것 같았다. 나는 마치 자석처럼 어떤 시선에 이끌려 다시 고개를 들어올렸다. 발코니에 옆집 남자가 서 있었다. 그는 늘 그렇듯 얼굴에 병약한 기색을 띤 채 골목을 응시하고 있었다. 나는 그의 시야에서 벗어나려고 몸을 돌려버렸다. 듣자 하니 그는 스탈린이 사망하던 날 희희낙락했던 사람들 가운데 하나였다고 하는데, 이것이 유망했던 과학자의 장래를 영영 망가뜨리고 말았다. 그로부터 하고많은 세월이 길게도 흘렀지만, 그럼에도 내가 기억하는 한 애원하는 듯한 그 표정은 한 번도 그의 얼굴을 떠난 적이 없었다. 그날 있었던 추도 집회 때, 아무것도 아닌 일로, 기껏해야 아주 잠깐 동안, 그와 같은 상황에서 흔히 일어날 수 있는 현상으로 웃음의 메커니즘이 교란을 일으키는 바람에 난데없이 웃음보를 터뜨린 사람들이 드물지 않았던 모양이었다. 하지만 그런 해명 따위는 가차 없이 무시되었다. 웃은 사람들은 피도 눈물도 없는 처벌을 받았고, 수많은 세월이 지난 지금까지도 그들의 얼굴에서는 여전히 그 애수 어린 표정을 쉽사리 알아볼 수 있었다. 앞으로 살아갈 날들 내내 그 구슬픈 표정으로 옛날에 터뜨렸던 웃음의 대가를 치르게 될 것 같았다.

지금 네 몰골은 어떻고! 하는 생각이 들었다. 네 몰골도 그에 못지않게 우울할걸!

내 침울함이 혹 사람들의 관심이라도 끌게 될까봐서, 나는 초대장을 꺼내서 대회장 출입을 허용한다고 적혀 있는 뒷면을 자세히 살펴보는 척하기 시작했다.

아직 골목에 있는 사람들 중 몇몇은 내 것과 비슷한 초대장을 갖고 있는 모양이었다. 그들의 옷차림뿐만 아니라 태도, 걸음걸이, 그리고 활짝 핀 얼굴만 봐도 알아차릴 수 있었다. 그들의 그런 모습은 혹시 좋은 자리를 꿰차서 퍼

레이드를 구경할 수 있지 않을까 하고 골목으로 내려온,
혹은 시야에서 대표단을 놓치고서 아차 하는 얼굴로 이제
는 이곳저곳을 기웃거리는 구경꾼들과는 분명히 달랐다.

중앙대로를 따라 차단선을 쳐놓은 길은 인산인해를 이
루고 있었다. 멀리, 대회장이 마련된 광장 쪽에서 팡파르
소리가 들려왔다. 이제 겨우 아홉시이기는 했지만, 그리고
굳이 서둘러야 할 별다른 이유도 없었지만, 그 소리가 내
고막을 때릴 때마다 나는 걸음을 재촉했다.

초대받은 사람들은 또다시 다른 행인들과 뒤섞여버렸
고, 좀더 앞쪽에서는 일종의 분리 작업이 실시되고 있었
다. 엘바산 거리 위쪽에서는 인도 하나가 사람들로 꽉 들
어차 있는 반면에, 다른 쪽 즉 오른쪽 인도에서는 초대장
을 가진 사람들만이 앞으로 나아갈 수 있었다. 본격적인
통제는 아마 나중에나 시작될 테고, 아직은 1차 선별일 뿐
이었다. 그런데도 대다수의 초대받은 사람들은 다른 구경
꾼들이 멍하니 지켜보는 가운데 벌써부터 구경꾼과는 차
별되는 자신들의 모습을 즐기고 있었다.

나는 왼쪽 인도로 계속해서 나아갔다. 내 자리가 지정되
어 있는 대회장의 C-1열에 어쩌면 수잔나도 와 있을지 모
른다는 생각이 막 든 순간, 코앞에서 레카 B.와 맞닥뜨리

고 말았다.

그 친구를 다시 만나기는 몇 해 만이었다. 활짝 웃는 얼굴로 그는 두 번이나 나를 힘차게 포옹했는데, 그 웃음은 행사용 붉은 깃발에서 풍겨 나오는 열광적인 분위기와는 달라 보였다. 솔직히 그런 재회의 기쁨이 완전한 진실로 보이지는 않았다. 말이 나왔으니 말인데, 오래전 내가 법학 공부를 하고 그가 미술 대학에 다니던 그 시절에 우리는 서로 친구이기는 했지만, 오랫동안 서로 못 보고 지낸다고 해서 서로를 진정으로 그리워할 정도로 절친한 사이는 아니었다.

"어떻게 지내? 방송국이 마음에 들어? 텔레비전, 카메라, 액션, 모던한 생활을 즐기는 맛이 어떤가, 응?" 그가 물었다.

"자넨? 지금도 N에서 일하나?" 나도 활발하게 말했다.

"아, 말도 말게!" 그는 여전히 쾌활한 어조로 말했다. "난 별로 잘 풀리지 않았어. 사실 거기 일은 그리 나쁘지 않았지만, 실수를 저지르는 바람에 시골 아마추어 극단으로 좌천되고 말았지 뭐야."

"정말이야?"

"그렇다니까! 서른두 가지나 되는 이념상의 오류가 들

어 있는 작품을 무대에 올렸거든! 상상이 가나? 뭐, 다 옛날 일이야. 게다가 비교적 쉽사리 잘 헤쳐 나왔다고 말할 수도 있지.”

내 얼굴이 놀라움과 미심쩍음 사이에서 갈팡질팡하는 표정이었던지, 그는 이렇게 말을 이어 나갔다.

“자넨 아마 농담이라고 생각하는 모양이지만, 내 애긴 엄연한 사실이야!”

그러더니 그는 또다시 스스럼없는 어투로 예의 그 서른두 가지 이념상의 오류들을 주워섬겼는데, 그 어조에서는 한탄이라든가 경멸의 흔적이라고는 조금도 찾아볼 수가 없었다. 심지어, 그 모든 오류를 하나씩 꼬집어낸 예민하고도 끈질긴 자들을 겨냥한 것인지, 아니면 대단치 않은 평범한 실수 정도가 아니라 엄청난 규모의 참담한 재앙까지 몰고 올 것을 알면서도 일을 저지른 자기 자신을 겨냥한 것인지, 아니면 둘 다를 겨냥한 것인지 딱히 단정 짓기 어려운, 아무려면 은근한 자랑까지는 아니라 하더라도 일종의 신바람이 나서 말하고 있는 것 같았다.

“그렇게 된 애기야” 하고 그가 결론을 지었다. “스물여섯, 그들은 스물여섯 명이었네. 태고의 흙으로도 그들의 무덤을 다 덮어주진 못하나니……”*

여기서 왜 난데없이 예세닌**의 시구가 튀어나왔는지, 나로서는 알다가도 모를 일이었다.

그러는 동안, 초대받은 사람들과 단순한 행인을 결정적으로 갈라놓는 네거리가 가까워지고 있었다. 다른 상황에 서였다면 나도 아직 형벌을 치르고 있는 이 친구에게 내 초대장을 보여주는 짓만은 어떻게든 피했겠지만, 이번에는 보여주지 않을 도리가 없었다. 바로 그 순간 그의 입에서 "근데 자넨, 자넨 어떻게 지내나?" 하는 질문이 튀어나왔고, 적잖이 난처해진 나는 무슨 죄인처럼 어색한 미소를 지으면서 내 초대장을 꺼내 보이고는 이렇게 말했던 것이다.

"보다시피, 초대를 받았네. 그게 말이지……"

나는 말을 어떻게 끝맺어야 할지 몰랐다. 농담조로, 아니면 그냥 담담하게, 아니면 비아냥거리며…… 하지만 뭘 비아냥거리자는 건지 나도 정확히 알 수 없었다. 나 자신

____

* 이 시는 예세닌이 1924년에 쓴 「스물여섯 명의 발라드」라는 시로, 1918년에 영국군 소총부대에 의해 총살된 스물여섯 명의 소련 인민위원들을 추모하는 시다.
** 세르게이 알렉산드로비치 예세닌(1895~1925). 농민과 전원에 관한 시를 지은 소련의 시인으로, 혁명 후에는 한때 시단의 지도자적 존재였으나 혁명을 따르지 못하고 자살했다. 시집으로 『마을의 기도서』가 있다.

일 수도 있고 그일 수도 있으며, 아니면 운명의 장난일 수도 있으리라. 바로 그때, 그의 활기찬 외침이 내 마음의 짐을 단번에 벗겨주었다.

"초대를 받았다고? 거 잘됐군! 정말이지 기쁜 일이야. 아니, 그럼 서둘러야 하지 않는가, 벌써 늦었는지도 모르잖아……"

표정에도 목소리에도 시기심이라든가 조롱하는 흔적은 눈곱만큼도 찾아볼 수가 없어서, 지금까지 마지막 25미터를 걸어오는 동안 나의 유일하고도 유일했던 근심거리가 그를 떼어낼 방법을 찾아내는 것이었다는 사실에, 나는 양심의 가책이 들었다.

첫번째 경찰 차단선에 도착하기 직전, 나는 네거리 건너편에서 마지막으로 뒤를 돌아보았다. 그는 반짝이는 눈길로 나를 좇으며 내게 손 인사를 하고 있었다.

나는 그의 친절한 태도에 조금은 당황했다. 뭐라고 설명하기는 어렵지만, 그런 태도가 그냥 간단히 자기 자신의 몰락에 쾌감을 느끼는 한 개인의 타락을 입증하는 증거가 아닐까 하는 의심이 든 것도 사실이다(다른 상황이었다면 이런 의심은 나를 괴롭혔을 것이다). 하지만 진심으로 기뻐해주는 그의 모습을 보자 그런 의심은 말끔하게 씻겨나갔고, 경찰 차단선에 도착했을 때는 더욱 긴장을 풀 수 있었다.

"신분증을 제시하시오!"

나는 내 통행증의 사진과 내 얼굴을 번갈아 쳐다보는 사복 경찰의 시선을 곁눈질로 좇으면서, 경찰의 얼굴에 나타나는 표정이 불신인지 적대감인지 아니면 반대로 존경의 표시인지를 포착해내려고 애썼다(내가 왜 그랬는지는 나도 모른다). 확인이 끝나고 차단선을 넘어가면서, 아마도 평생 두 번 다시 볼 일이 없을 사복 경찰에게 내 외모나 이름이나 초대장이 어떤 인상을 불러일으킬지 몰라 얼마간이라도 불안해한 나 자신을 보니 내 어리석음도 한 단계 올라선 모양이라는 생각이 들었다.

엘바산 거리와 중앙대로를 연결하는 마르셀 카셍 대로에는 군중이 구름처럼 몰려들어 완전히 막혀 있었다. 초대받은 사람들만이 대로 한쪽을 따라 지나갈 수 있었는데, 이들은 나처럼 혼자거나 삼삼오오 무리를 짓고 있었다. 어떤 사람들은 손에 작은 깃발이나 종이꽃을 든 자녀들을 데리고 있었다. 또 어떤 사람들은 금메달을 달고 있었는데, 얼굴에도 찬란한 금빛이 반사되고 있었다. 키가 작달막하고 어깨가 딱 벌어진 한 남자가 머리에 각기 붉은색과 푸른색 리본을 단 두 여자아이의 손을 잡고서 민첩한 걸음으로 바로 내 앞을 지나갔다. 여자아이들의 생기발랄한 얼굴은 국경일을 촬영한 다큐멘터리 영화에서 방금 튀어나온 듯이 보였다.

두번째 차단선은 첫번째 차단선에서 그리 멀지 않았다. 이번 검문은 좀더 엄격할 거라고 예상했지만 똑같은 절차가 똑같은 방식으로 반복되었을 뿐이다. 검문이 철저해야 초대장의 가치가 더더욱 높아진다는 생각에 난생 처음 이런 곳에 와서 검문이 인정사정없이 행해지기를 기대했던 사람들로서는 실망스러운 일이 아닐 수 없었다. 내 앞에서 여자아이들을 데리고 있던 남자는 자기가 그 두 꼬마의 아버지가 틀림없으며 아이들의 출생증명서도 지참하고 있노라고 경찰에게 굳이 알렸음에도, 두 경찰 중 한 사람이 무시하는 듯한 태도로 겨우 "통과!" 하자 낙담한 것이 분명해 보였다.

말문이 막힌 남자는 마치 '삼엄한 경계 좋아하시네!' 하는 듯이 고개를 가로저었다. 그 태도가 하도 노골적이어서, 나는 대뜸 끼어들어서 그 남자에게 이렇게 고함을 질러주고 싶었다. 걱정 마시오, 대회장까지는 훨씬 더 엄격한 통제선이 얼마든지 남아 있으니까!

마르셀 카셍 대로의 이쪽 부분은 굉장히 넓기도 했지만 아치 모양을 그리고 있어서 초대받은 사람들의 다양한 무리가 한눈에 보였다. 그들은 점잔을 빼며 일렬로 나아가고 있었다. 봄 햇살 아래 훈장과 작은 깃발들이 물결치고 팡파르 소리가 점점 가까이 들려오는 가운데, 서로 낯모르는 사람들 사이에 눈부신 연대의식이 생성되고 있었다. 무슨 설명이 더 필요하겠는가. 모두에게 똑같이 엄숙하고 기쁜 국경일, 똑같은 (국가의) 집게손가락으로 간택되었다는 사실 자체가 서로에게 말을 걸거나 아니면 은근하게라도 서로 미소를 지어 보이고 싶은 황금빛 동맹 관계를 그 모든 사람들 사이에 맺어주고 있었으니 말이다. 어쨌거나 다른 사람들, 일반인들, 초대받지 못한 사람들은, '당신이 왜 초대받았지? 다른 사람도 아니고 하필 당신이 말이야' 하는 어리둥절하거나 의심에 가득 찬 집요한 시선으로 더 이상 우리를 짜증나게 만들지 못하도록 안전선 바깥쪽에 머물러 있지 않은가.

나는 이 목가적이고 평화로운 그림 같은 축제의 일부가 된 내 자신이 부끄러워지면서, 불현듯 레카 B.가 간절하게 다시 보고 싶어졌다. 처음에는 그 친구 앞에서 불편한 기분을 느꼈지만, 그는 재치와 품위를 가지고서 얼마든지 튀어나왔을 법한 질문을 삼갔을 뿐만 아니라, 막상 자기 자신은 오래전부터 기쁜 일이라고는 하나도 없이 살아왔는데도 나를 위해 진심으로 감격하는 모습을 보여주었던 것이다.

세번째 검문 때, 우리 동네의 당원 한 사람을 만났다(바로 그 순간에야, 나는 사복 경찰 속에는 내무부의 이런저런 직원과 역시 '어둠의 협력자들'이 분명한 각 지역 자원자들이 섞여 있다는 것을 깨달았다). 다른 상황에서였다면 경멸감을 가지고 그를 아래위로 훑어보았겠지만, 여기서는, 사람들이 미사 때처럼 서로 융합되어 있는 이 화해의 장에서는 나도 차라리 그에게 미소를 지어 보이고 싶은 마음이 들었다. 그런데 그자는 내 인사에 답하기는커녕, 나를 못 알아본 척했다. 바로 어제 유제품 가게에서 만났는데도 마치 한 번도 본 적 없다는 듯이 무심하게 내 통행증을 뒤적거리더니, 이윽고 내게 시선조차 주지 않은 채로 내뱉는 것이었다. 통과!

나는 모멸감에 두 뺨이 약간 달아오르는 것을 느꼈지만, 그의 냉담함에서 뭐라 말할 수 없는 쾌감을 느끼기까지는 그리 오랜 시간이 걸리지 않았다. 비록 내가 그날 선택된 사람들 가운데 하나이기는 했지만, 그리고 어느 정도 수치심을 느끼면서도 아주 미미하게나마 속으로는 선택된 사람이라는 사실에 전적으로 무감각하지는 않았던 것이 내 솔직한 심정이기는 했지만, 그것과는 별도로 다른 한편으로는, 그의 냉담함은 내가 저들 집단에, 좀더 정확하게 말하자면 저들 집단의 나쁜 측면에 완전하게 녹아들지는 않았다는 것을 의미했기 때문이다. 그래서 우리 동네의 그 당원은 사나운 눈길로 나를 흘겨보았던 것이며, 어쩌면 속으로 이렇게 투덜거렸을지도 모른다. 이 작자가 여기서 뭘 하는 거야? 도대체 누가 이런 인간을 대회장에 불러들였는가 말이야?

적대감이 드러나기까지는 더 오래 기다릴 것도 없었다. 중앙대로가 가까워지면 질수록 적대감은 점점 더 확연해졌다. 그러나 이런 정도는 아직 아무것도 아니었다. 그때까지는 내 마음에 생채기를 낼 수 있는 것은 그저 저들의 분통밖에 없다고 생각하고 있었다(초청자 명단에 단골로 오르는 사람들이 명단에 새로 오른 사람들에게 증오심을 가지는 것은 이해할 수 있었다). 즉, "저 사람은 대체 뭘 해준 대가로 초대장을 따냈을까?" 하는 의혹에 찬 물음이라는 적(敵)은 우리 모두가 한배에 탄 순간부터 깨끗이 제거된 셈이므로, 이제는 시기심이라는 또 하나의 적 외에는 아무것도 두려워할 필요가 없다고 생각한 것이다. 하지만 바로 그 순간, 꿈에도 예상하지 못했던 바로 그 순간에 의심은 그 어느 때보다도 더 노골적으로 모습을 드러냈다. 개버딘 레인코트 차림의 비교적 젊은 두 남자가 예전에 어디선가 얼핏 본 적이 있다고 생각되는 표정을 짓고 있다가, 나와 시선이 마주치자 나를 힐끔힐끔 곁눈질하는 것이었다. 그들의 시선에 비웃음이 담겨 있다는 인상을 받았다. 그들이 내게 유감을 가질 이유가 없으며 오히려 내가 망상에 빠져 있는 거라고 나 자신을 안심시키기 위해 다시 뒤를 돌아보았지만, 그들이 흘낏거리는 것이 분명히 나라는 것을 알아차리고 나는 그만 공포에 질리고 말았다. 게다가 그들은 계속해서 나를 샅샅이 훑어보았을 뿐만 아니라 자기들끼리 뭐라고 쑥덕거리기까지 했는데, 그러는 동안 그들의 입가에는 심술궂은 미소가 더욱더 심하게 날을 세우고 있었다.

나는 얼굴이 화끈 달아올랐다. 반사적으로 걸음을 서두르려다가, 갑자기 생각이 바뀌어 그 사람들한테 이렇게 고함을 지를 뻔했다. 뭘 그렇게 기둥서방처럼 낄낄거리는 거야? 나도 당신들을 의심할 이유는 얼마든지 있어, 아닌 것 같나?

하지만 나는 이도 저도 못 한 채, 머릿속에서 그들을 쫓아내려고 헛되이 애만 쓰면서 계속 앞으로 나아갔다. 잠시 후 기분이 좀 가라앉았을 때, 그들과 나 사이에 한 무리의 쾌활한 사람들이 끼어들었다. 그 사람들 중에는 예의 그 키 작은 남자와 머리에 붉은색과 푸른색 리본을 단 딸들도 보였다.

그런데도 나는 마음속으로 그 낯모르는 두 남자와 시시비비를 계속하고 있었다. 당신들만 의심하라는 법이라도 있나? 따지고 보면 당신들이 나보다 더 나을 게 뭐냔 말이야?

마음속으로는 그렇게 뇌까렸지만, 어쩐지 그 두 녀석이 입을 비죽거리는 것을 막을 도리는 없어 보였다. 그런데 퍼뜩, 수수께끼의 열쇠라도 찾아낸 것 같은 기분이 들었다. 의심을 먼저 제기하는 사람에게 우선권이 있다, 비록 잘못한 게 없다 하더라도 상대는 그저 한발 늦었다는 이유만으로 언제나 불리한 위치에 서게 된다는 생각이었다.

미쳐도 단단히 미쳤군! 나는 나 자신에게 거부감이 일었다. 궁여지책으로, 나는 집단 죄의식 등등에 관해 전에 책에서 읽은 내용이 있는지 기억을 쥐어짜보았다. 하지만 아무것도 떠오르지 않았다.

내 앞에서, 머리에 리본을 단 두 여자아이가 종알거리며 뭔가를 재잘재잘 묻고 있었다. 아버지는 다정하게 아이들의 애칭을 불러가면서 참을성 있게 설명을 해주고 있었다.

사회주의 5월의 태양 아래 딸들의 손을 잡고 있는 이상적인 아버지라. 목가적인 그림이로군, 하는 생각이 들었다. 하지만 말해보시오, 이 그림의 값은 누가 치르는 거요? 그걸 위해서 당신은 누구를 감옥에 집어넣었소?

이렇게 발작하듯 화를 내다니, 누구보다도 나 자신이 가장 놀랐다. 그럼에도 불구하고, 나는 역정 가득한 시선을 주위 사방으로 던져보지 않을 수가 없었다. 나는 피를 보고서 이성을 상실하여 군중 앞에서 마구 무차별 사격을 가해대는 테러리스트 같은 상태에 빠져 있었다. 어차피 그럴 바에야, 저들에게서 내쫓기느니 차라리 내가 먼저 방아쇠를 당기는 편이 더 나았다.

한발 늦는 자는 패배자였으니까.

4

금세 식은땀 한 방울이 이마를 적시는 것이 느껴졌다. 개버딘 레인코트 차림의 두 남자가 시야에서 사라졌고, 붉은색과 푸른색 리본의 목가적인 작은 그림도 사라졌다. 나는 낯모르는 사람들 사이를 헤치고 나아가면서 중간에 그들을 염치없이 욕해댔는데, 그들 측에서도 똑같은 짓을 하지 못할 까닭이 전혀 없다는 점은 조금도 생각하지 못한 채 추잡하게도 비열한 욕만 퍼부어댄 꼴이었다.

중앙대로는 멀지 않았다. 그런데 넌, 너는 양심에 거리낄 일이 하나도 없나? 하는 생각이 들었다. 여섯 달 전에, 대질 심문을 받기 위해 소환되었던 당의 해당 분과 위원회를 나오면서, 나는 처음으로 나 자신에게 이 질문을 던진

적이 있었다. 그날처럼, 나는 부정의 표시로 고개를 흔들었다. 아니다, 내 양심에는 어떠한 오점도 없다! 비록, 비록 나도 모르는 사이에, 나 때문에 옆 사무국 동료 두 명이 외진 벽촌 어딘가로 추방당하는 처벌을 받게 되기는 했지만, 나는 죄가 없었다. 오히려 그들이 어리석은 짓을 저지르는 바람에 하마터면 나까지 파멸할 뻔했다고 말할 수 있었다. 당신들이 있는 이곳은 당 위원회이고 당 위원회에서는 거짓말이 없어졌다는 것을 알아야 해! 하고 당 비서는 우리를 취조하면서 고함을 쳤다. 자네 말이야, 하고 그는 나를 지적하면서 말했었다. 이러저러한 고위 간부가 총애를 잃었다는 소문이나 악성 루머는 부르주아 계급분자들이 전 인민에게 유포하는 게 아니라 국가가 직접, 그러니까 자네 표현에 따르면, 그 간부를 완전히 몰락시키려고 특별히 창설된 정보국이 꾸며내는 거라는 말을 들었다고 했는데, 그런 날조된 유언비어를 대체 어디서 주워들었지?
　내 평생 그때처럼 내 자신이 불편하게 느껴진 적은 결단코 없었다. 그 얘기가 당시 내 앞에서 입을 벌린 채 멍하니 있던 옆 사무국 동료에게서 분명하고도 확실하게 전해들은 말이기는 했지만, 당시에 내가 모르고 있었던 것은 그 동료가 이미 저들에게 모든 것을 자백한 후라는 사실이었다. 몇 초가 흐르는 사이 나는 나 자신을 전적으로 믿어보자는 야릇한 확신을 가졌고, 소련 침공 이후의 체코슬로바키아에 관한 어떤 책자에서 그런 이야기를 읽은 바가 있노라고 불쑥 대답했다. 비서가 두 눈으로 주의 깊게 나를 탐색하는 동안, 나는 급기야 어떤 책에서 뭔가 그와 비슷한 내용을 정말로 읽었다고 나 자신을 설득하기에 이르렀다. 그렇게 솔직하고 진지한 자세로 밀어붙일 수 있었던 것은, 실제로 내가 체코슬로바키아에 관한 어떤 책을 얼마 전에 훑어본 적이 있었기 때문이었다.

내 대답의 어떤 점이 비서의 마음에 든 것인지 나는 모른다. 그로서는 위험을 무릅쓰고서 가면을 벗고 정체를 드러낸 내 동료의 진술을 택하는 것이, 그리고 나의 진술을 의심하는 것이 타당한 행동이었을 것이다. 그렇지만 실제로 발생한 일은 그 반대였다. 그들에게 해명할 시간도 주지 않고서(나중에 그들은 내게 말했다. "그게 바로 우리가 피하고 싶었던 거야. 얼마나 다행인지."), 그는 그들을 함부로 입을 놀리는 얼간이에다 소문을 날조하고 쥐뿔도 모르면서 뭔가 정치를 안다고 믿는 과대망상증 환자들이라고 몰아댔다. 책임의식이라고는 털끝만치도 없이 우리의 아름다운 사회주의적 일상에다 자기들이 부르주아 국가의 끔찍한 현실이라고 생각하는 온갖 잡동사니들을 마구 갖다붙이는 고질적인 망나니들이라고도 했다. 반면에, 나는 차라리 칭찬처럼 들리는 비판을 통해 용케도 난관에서 벗어났다. 달리 말하면, 나는 비교의 대상이 될 수 없는 것들을 가려내는 데 좀더 주의를 기울여서 이번과 같은 혼선이 일어나지 않도록 했어야 했다는 것이다. 특히 내 두 동료들처럼 정치적으로 미성숙하고 골이 빈 인사들과 함께 대화를 할 때는 더욱 조심해야 한다고 말이다.

그럼 이제 그만! 다들 나가봐. 그리고 누구한테든 이번 일은 일언반구도 입 밖에 내서는 안 돼, 알겠나? 그것이 비서가 마지막으로 한 말이었다. 그가 보인 행동과 사건 처리는 내게 오랫동안 수수께끼였다. 맹목적인 톱니바퀴가 언제나 한쪽 방향으로만 빙글빙글 돌아가다가 불쑥 방향을 바꾸면서 온갖 모순을 초래하고 만 것이었을까, 아니면 비서는 뜻밖에 체코슬로바키아와 같은 외부 요소가 제공하는 편리한 기회를 포착해서 자기에게 유리한 결론을 이끌어냈던 것일까? 어쩌면 그저 단순히, 오만 가지 산적한 문제에 직면해 있던 그가, 마침 그날 '정책'이 제대로 실현되고 있지 않다는 이유로 상관의 서릿발 같은 추궁을 받아서, 성가신 사건을 최대한 빨리 처리해버리고 싶었는지도 모른다.

내가 그를 근심에서 해방시켜주었다는 사실 하나로, 그는 내게 거의 친근감을 느끼는 것 같았다. 밖으로 나오면서 그가 내 어깨를 다정하게 토닥여줄지도 모른다는 생각까지 들었다. '신(新) 알바니아' 스튜디오에서 제작된 영화에서 숱하게 보아온 그런 제스처 말이다. 비록 그가 정말로 토닥여주진 않았지만, 나는 그 이후 몇 날 며칠 동안, 사람들이 나를 두고 뭐라고 할 것인지 끊임없이 생각해보지 않을 수 없었다. 그도 그럴 것이, 이 사건에 연루된 세 사람 가운데 내가 유일하게 다치지 않고 빠져나온 사람이었기 때문이다. 다른 두 명 또한 오지로 떠나기에 앞서, 내가 그 일과는 아무런 관련이 없으며 모든 것은 오로지 자신들의 잘못이니 처벌을 받아 마땅하고, 또 사태가 훨씬 잘못될 수도 있었는데 이 이상으로 확대되지 않아서 너무도 다행이라고 만나는 사람마다 말했다는 점도 내게는 행운이었다.

훗날 그때 일이 머릿속에 떠오를 때면, "그럼 이제 그만! 다들 나가봐. 그리고 누구한테든 이번 일은 일언반구도 입 밖에 내서는 안 돼!" 하던 비서의 말이 갈수록 더욱더 충격적으로 받아들여졌다. 비서가 서둘러 사건을 종결

지으려 한 것, 그가 나에게 감사해한 것, 특히 사태를 무엇보다도 골이 빈 머저리, 과대망상증 환자에다 떠벌리기나 좋아하는 멍청이들의 짓으로 취급하려 한 것 등을 생각해보면, 처음에는 수수께끼로 보였던 일이 차츰차츰 설명이 되었다. 여기에는 빗나간 톱니바퀴의 공회전에 의해 야기된 모순 따위도, 미스터리도 없었다. 다루어야 할 산적한 문제에 직면해 있는 비서의 피곤함과도 아무런 관계가 없었다. 그것은 그저 소문의 목을 조용히 비틀어버릴 것을 목적으로 하는 하나의 술책일 뿐이었다. 사실 그 소문은 지극히 위험한 것이어서, 국가로서는 일이 확산되기 전에 숨통을 틀어막아버려야만 했다. 그래서 소문의 진짜 진원지는 단 한 마디도 거론하지 않은 채, 언제라도 비난할 수 있는 제일 만만한 사람들에게 업무상의 과오를 뒤집어씌워 처벌을 공식적으로 마무리했던 것이다.

가장 올바른 방법은, 국가는 눈을 감아주고 과오를 저지른 사람들은 처벌을 받지 않는 것이었으리라. 세상에 어떤 톱니바퀴가 구석에서 계속 저 혼자 빙글빙글 돌아가면서 반드시 죄인을 처벌하라고 요구한단 말인가…… 내가 간파하지 못한 또 다른 뭔가가 숨겨져 있는 게 아니라면 말이다.

이 모든 혼란스러운 생각에 빠져 있는 동안 중앙대로가 점점 가까워지고 있었다. 지금껏 조용히 여러 달을 지내왔지만, 그때 그 일이 어떤 사람들의 눈에는 수상해 보일 수도 있겠다는 생각에 나는 마음이 다시 불안해졌다. 나를 아는 사람이 여기, 대회장에서 나를 본다면 의아해할 것이다. 나 자신도 두세 번 스스로에게 질문을 던져본 일이 있었다. 혹시 내가 아무것도 모르고서 동료들을 좀더 깊은 수렁에 빠뜨리는 도구로 이용되었던 것은 아닐까? 어찌됐든 그들이 수정주의의 단점과 사회주의적 현실의 혼합을 비난하게 된 것은 바로 나 때문이었으니 말이다…… 두 사람 다 혹시라도 오늘 텔레비전 화면에서 나를 보게 된다면 무슨 생각을 할 것인지는 두말할 필요도 없었다! 아마도 이렇게 생각할 것이다. 저 친구가 우리를 살려줬다고 생각했는데, 지금 보니 우리를 보기 좋게 구렁텅이에 빠뜨린 거로군그래, 그것도 아주 깊숙이 말이야. 그래서 저렇게 후한 보상을 받은 거야!

이 초대장을 못 받는 편이 좋았을 텐데, 하는 생각이 들었다. 아니면 수잔나와 약속한 대로 여기 오지 않는 편이 좋았을 텐데…… 그녀가 없다고 생각하니, 별안간 하늘에서 돌이 떨어지듯 온갖 슬픔이 무겁게 나를 내리눌렀다.

온갖 불행이 한꺼번에 쏟아져내렸다. 오, 하느님! 하고 나는 쓰디쓰게 한숨을 토해냈다.

두 대로의 교차점에 또 다른 통제 초소가 있었고, 거기서는 지금까지보다 더 엄격한 통제가 이루어지고 있었다. 그렇지만 이제 더이상 걱정되지는 않았다. 이제부터는 새 차단선이 가까워질 때마다 한 가지 남모르는 소망이, 경찰이 내 초대장에서 어떤 트집을 잡아 나를 되돌려 보냈으면 하는 소망이 나를 자극했다.

하지만 헛된 바람이었다. 늑장도 없고 부주의한 실수도 없고 적당주의도 절대 있을 수 없는 분야가 있는데, 초대장을 작성하는 일이 그중 하나였다.

중앙대로의 양쪽 인도는 사람들로 미어터지고 있었다. 초대받은 사람들 대다수가 자리할 곳이 바로 거기였다. 그들의 초대장에도 '대회장 주변'이라고 인쇄되어 있었다. 우리들, 대회장 안에 초대받은 사람들은 또다시 거품처럼 부글거리는 그 사람들의 물결 사이로 길을 트고 나아가야 할 판이었다. 여기까지 오는 데만 해도 불같은 시기심과 의심을 불러일으켰는데, 훨씬 더 높은 곳까지 가기로 되어 있다는 사실이 알려지면 나는 어떤 되살아난 증오의 대상이 될지 알 수 없는 노릇이었다! 본격적인 악몽은 아마 이제부터 시작될 것이 틀림없었다. 사람들이 알게 되면 멱살을 잡고 나를 가로막으면서 비상경보를 울려대기라도 할 것 같은 환각에 시달렸다.

나는 너무 단호한 걸음으로 나아가면 의심을 살까봐서 본능적으로 걸음을 늦추었다. 방금 도착한 사람들처럼, 오직 좋은 자리를 선점하느라 부산을 떠는 사람 같은 모습을 보여주고 싶었다.

인도는 완전히 산책로가 되어 있었다. 퍼레이드를 구경하기에 가장 좋은 자리들은 이미 오래전부터 사람들이 모두 차지하고 있었다. 다른 사람들은 좌우를 둘러보거나 지인을 만나 즐겁게 웃음을 터뜨리고 있었다. 이따금씩 여기저기서 훈장이 번쩍거렸는데, 드물게 사회주의 노동부에서 수여한 '영웅의 별'도 보였다. 조금 전에 대회장으로 향해 가는 우리를 멍한 표정으로 따라왔던 사람들과 같은 외부의 시선으로 본다면, 이곳은 흡사 천국의 한 자락과 비슷한 모습임이 틀림없었다. 5월의 황금빛 태양 아래, 천상의 합창단 바로 옆에 모인 사회주의의 기수들이었으니……

그렇지만, 여기에는 진실된 것이라고는 하나도 없지만, 천국이라고는 손톱만큼도 없지만, 그렇다고 해도 어쩌면 천국의 정반대는 아닐지도, 내가 생각하는 지옥은 아닐지도 모른다는 생각이 들었다…… 상황은 좀더 단순한 것인지도 모르며, 모든 것을 비관적으로 보는 것은 열에 들뜬 내 정신 상태 때문인지도 모른다.

마음이 조금 가벼워진 나는 손목시계를 보았다. 아홉시 반이 되어가고 있었다. 지금이 아마 대회장 안쪽으로 들어갈 시간인 듯했다. 우글거리는 사람들 속에서 별도로 하나의 대열 같은 것이 형성되더니 대회장 안쪽을 향해 질서정연하게 나아갔는데, 그들의 얼굴에서는 매우 놀랍게도 최소한의 죄의식이나 수치심이나 망설이는 표정도 찾아볼 수가 없었다. 오히려 대다수는 제법 자랑스러운 기색으로 초대장을 휘둘러대는가 하면, 눈에서 멀찌감치 떼어놓고 보다가 가까이 들여다보다가 하면서 대회장에서 자기 자리가 어디인가 확인하는 척을 하더니(집에서 이미 열두번도 더 확인해보았으면서도), 이윽고는 진지한 얼굴로 계속해서 똑바로 나아가는 것이었다.

이제 심란한 생각은 버리고 그들의 대열에 합류해야 했다. 어쨌거나, 그들은 오래전부터 단골이었지만 내게는 이 모든 것이 처음이었으니 말이다. 그리고 필시 마지막이겠지만……

'앞으로, 앞으로 / 언제나 앞으로!' 마치 내게 용기라도 북돋워주려는 듯이 가까운 스피커에서 노랫소리가 들려왔다. 내 입가에 미소가 번지는가 싶었지만, 결국 미소는 입술까지 퍼져나가지 못했다. 그 순간 내 오른쪽으로, 대체로 안면이 있는 비교적 젊은 사람들('인민의 목소리'에서 일하는 사람들과 당 중앙위원회에서 일하는 사람들이었다) 가운데 G.Z.가 눈에 띄었기 때문이다.

그 많은 사람들 한가운데서, 무엇이 세상에서 가장 위험하고 불길하며 치명적인 그것을 내 기억 속에 되살려놓았는지 모를 일이었다. 깊이를 알 수 없는 시커먼 구멍, 추락, 그리고 어떤 대가를 감수하고라도 이 혼돈에서 빠져나오려는 절망적인 몸부림…… 그러고 보니, 이건 대머리의 추락이라는 옛날 동화가 아닌가?

어느 날 밤 어둠 속을 걷던 대머리는 어느 구멍으로 떨어졌다. 한참을 굴러떨어진 그가 닿은 곳은 아주 낮은 아래쪽 세계였다……

5

내가 G.Z.를 알게 된 것은 텔레비전 방송국에서 함께 일하던 시절부터였지만, 나는 그를 한 번도 좋게 본 적이 없었다. 그는 얼굴이 핏기가 없는데다 병적이고 음울한 회색빛이었다. 이것은 차라리 위생적인 문제 탓이기도 했는데, 소위 검소함을 즐긴다면서 밤낮 입고 다니는 더러운 셔츠는 오히려 그의 인색함만 드러내줄 뿐이었다. 또 그는 사람들이 모인 자리에서 걸핏하면 자신이 고아라는 사실을 강조하곤 했다("난 말입니다, 동지들, 아버지도 어머니도 없습니다. 하지만 당에서 가족을 발견했지요……"). 이 말은 상사들에게는 마르지 않는 감동의 샘이었지만, 우리 동료 하나를 짜증나게 만들었다("아니 근데, 저 작자는 갖다붙이기도 잘하지. 돌아가신 건 어머니고 아버지는 멀쩡히 살아계시잖아. 그러면 당이 어머니를 대신한다고 말해야 하는 거 아냐?") 이 모든 것을 종합해보면, 아무리 잘 봐줘도 그자는 쓰레기 같은 인간으로 취급될 수밖에 없었다.

그러나 말이야 바른 말이지만, 그가 경력을 탄탄히 인정받은 것은 필경 바로 그런 점들 때문이었을 것이다. 왜냐하면, 내 동료 하나가 즐겨 지적하곤 했듯이, 성공을 하려면 열성과 활력 외에도, 유전자 암호에 녹아들 정도로까지 내밀한 개개인의 성격이 되어버린 어떤 특별한 자질을 갖고 있어야 하기 때문이다. 그 자질은 어떤 사람에게는 얼음처럼 차가운 심장일 수도 있고 어떤 사람에게는 타고난 악(惡)일 수도 있으며, 극단적인 노예근성이거나 아니면 하느님만이 아실 어떤 형태로 나타나는 법인데, G.Z.에게는 그가 보란 듯이 과시하곤 하는 음울한 고아라는 형태를 띠고 있었다. 왠지는 몰라도, 그것은 G.Z.가 언제든 시키기만 하면 안 되는 일이 없는 사람이라는 확신을 간부들에게 심어주었던 것이다.

더욱이 실제로 그는 이미 성공가도를 달리고 있던 참이었다. 처음에는 라디오 텔레비전 방송국에서, 그 다음에는 국립극장에서 일을 했다는데, 듣자 하니 매우 높은 평가를 받았다고 했다. 사람들은 그가 정상(頂上)에 대한 채워지지 않는 갈증에 사로잡혀 있다는 것을 느꼈다…… 그런데 어느 날 밤, 그의 사촌 하나가 체포되고 말았다……

어느 날 밤, 대머리는 비천한 아래쪽 세계로 추락해버리고 말았다……

나는 그때까지 한 번도 G.Z.처럼 형편없는 자의 이야기를 통해 우리의 평범한 일상을 유명한 옛날이야기에 비유할 수 있으리라고는 생각해본 적이 없었다. 하지만 우리 사무국장이 즐겨 말하곤 했듯이, 징그러운 벌레 한 마리가 위대하거나 아름다운 뭔가를 떠올리게 만드는 일은 생각보다 비일비재하지 않은가?

일단 추락하고 나자, 대머리는 위쪽 세계로 다시 올라갈 수단과 방법을 찾아내기 위해 할 수 있는 것은 모두 다 했다. 그렇게 지쳐빠지도록 사방팔방 열심히 헤집고 다니던 어느 날, 급기야 어떤 노인이 그에게 해결책을 슬쩍 귀띔해주기에 이르렀다. 위쪽 세계로 날아 올라갈 수 있는 독수리 한 마리를 알고 있는데, 거기에는 한 가지 조건이 있다고 했다. 날아가는 내내 맹금에게 날고기를 먹여주어야만 한다는 것이었다. 대머리가 보기에 이 조건은 터무니없는 것으로 보이지는 않았다.

(위쪽 세계의 자리를 도로 찾기 위해 G.Z.가 요구받은 것은 과연 무엇이었을까? 누구의 살이었을까?)

G.Z.는 밤이고 낮이고 극도로 부산한 모습이었다. 사촌을 저주하고 부정했으며, 제 손으로 직접 그를 목 졸라 죽여버리겠노라고 맹세를 했고, 당의 시험을 받겠다고 하면서 사무국을 들락거렸다. 가장 가까이서 그를 지켜보던 사람들의 말을 듣자니, 그의 열성은 꾸민 것이 아니었다. 오히려 그의 그런 태도로 보아 정말로 그가 결백한 것처럼 보이더라고 했다. 그 소리를 듣고 나는 곧 천박한 인간의 완벽한 한 예를 보는 것만 같았다.

그는 당을 섬기고 복종하려는 열망에 사로잡혀 탈출구를 찾아내려고 여기저기서 악전고투를 벌였는데, 당을 위해서 자기와 같은 개인이 해 바칠 수 있는 헌신의 저장고가 한도 끝도 없이 넓다는 사실에 아마 누구보다도 그 자신이 가장 놀랐을 것이다. 그렇게 이 복도 저 복도, 이 사무국 저 사무국을 누비고 다니던 어느 날, 마침내 누군가가 그에게 비탈길을 거슬러 올라갈 방법을 일러주었다. 이 누군가는 또 어떤 누군가를 알고 있었고, 그 누군가는 또…… 하지만 한 가지 조건이 있었다…… G.Z.에게는 그 조건이 실현 불가능한 것으로 보이지는 않았다……

G.Z.가 처음에 요구받은 것이 무엇이었는지 아는 사람은 단 한 명도 없다.

…… 아래쪽 세계에서 대머리는 고기를 충분히 준비한 다음 독수리의 등에 올라탔다. 이제 위쪽 세계를 목적지로 한 그들의 비상이 시작되었다. 도중에 독수리는 이따금씩 고기를 달라고 했고, 대머리는 독수리에게 고기를 한 점씩 잘라 주었다.

글을 발표할 권리가 정지되기는 했지만, G.Z.는 아직도 여전히 국립극장 단원이었다. 다른 한편으로, 그는 자신의 사건이 머지않아 해결될 거라고 측근들에게 알리고 다녔다. 앞으로 이삼 주면, 최악의 경우라도 사오 주만 지나면, 사촌의 운명은 결정적으로 자기 운명에서 떨어져 나갈 거라고 했다. 게다가 사실은 자기들이 사촌형제도 아니라고 주장했다…… 하지만 사건은 이삼 주가 지나도, 사오 주가 지나도 해결되지 않았다.

위쪽 세계로 날아가는 것은 애초에 대머리가 상상했던 것보다 훨씬 오래 걸렸다. 그러는 사이에 독수리는 마지막 고기 조각까지 삼켜버렸고, 대머리는 자신들이 끊임없이 원을 그리며 빙빙 돌고 있는 음산한 구렁텅이의 아래쪽을 향하여 어두운 시선을 던졌다. 심연은 밑바닥이 없는 것처럼 아득해 보였다.

까악까악, 하고 독수리가 울음소리를 냈다. 배고프다고 외치는 소리였다. 대머리는 공포에 절어 몸서리를 쳤다. 독수리에게 무엇을 줄 것인가? 독수리가 달라고 할 때마다 고깃점을 주지 못하면 자넨 그대로 구렁텅이로 떨어질 거야, 하고 노인은 경고했었다.

까악, 하고 독수리가 또다시 소리를 질렀다. 더 생각할 것도 없이, 대머리는 자신의 팔뚝에다 칼날을 박아 넣고는, 거기서 살점 한 조각을 도려내었다.

시험에 빠진 그 일주일 동안 G.Z.가 정확하게 무엇을 했는지 아는 사람은 아무도 없다. 처음에는 그저 그가 인기 있는 어느 젊은 극작가를 당 회합 때 함정에 빠뜨렸다는 소문만 들려왔다. 그 작가가 지도자 동지에 관해 쓴 시를 G.Z.가 친구인 경호원을 통해 지도자 동지의 자녀들에게 보냈다는 것이다. 그런데 이 시에는 모두가 알고 있는 이유로 시의 발표가 금지된 것을 불평하는 목소리가 담겨 있었다. 그런데 정작 사건은 그 다음에 터졌다. 그 작가의 희곡을 분석한 G.Z.의 글(더 정확히 말하면 고발한 글)을 근거로, 그 젊은 극작가가 체포된 것이다.

나는 편두통을 좀 가라앉히기 위해 관자놀이를 문질렀다. 그렇다, 자기 살로 지옥의 독수리를 먹여 살리는 대머리의 이야기는 여기서 결정적으로 G.Z.의 이야기와 갈라선다. G.Z.는 다른 사람의 살 외에는 독수리를 먹여 살릴 능력이 결단코 없는 사람이었다. 자기 몸뚱어리의 일부를 잘라 준다는 내용으로 인해 이 동화는 비극적인 빛을, 슬프고도 위대한 면모를 띠게 되었지만, G.Z. 같은 부류의 사람들에게 그런 위대함은 전적으로 이질적인 것이었다. G.Z. 같은 자가 다른 누군가를 구하기 위해 자기 몸에서 머리카락 한 올이라도 뽑아낸다는 건 상상도 할 수 없는 일이었다…… 반면에 대머리는……

까악까악, 하고 독수리는 잠시 후 다시 소리를 냈고, 대머리는 이번에는 자기 엉덩이에다 칼날을 박아 넣고 살 한 점을 도려내지 않으면 안 되었다. 음울하게, 그는 깊디깊은 어두운 구렁텅이 속을 계속해서 살펴보았다. 그러고는 독수리가 또다시 먹이를 요구하면 떼어 주어야 할 자신의 몸뚱어리 이곳저곳에 차례로 눈길을 던져보았다. 맙소사, 모두가 하나같이 고통스러운 부위였다!

독수리는 얼음처럼 차가운 어둠을 가르고서 쉬지 않고 날아올랐다. 독수리는 이따금씩 까악까악 소리를 냈고, 대머리는 자기 몸뚱어리의 때로는 이쪽 부위를, 때로는 저쪽 부위를 도려냈다. 구렁텅이에서 날아오르는 것은 한도 끝도 없이 계속되었다. 이따금씩 멀리서 섬광이 언뜻 보이는 것 같기도 했다. 하지만 그건 피로에 지친 그의 두 눈이 일으키는 환각일 뿐이었다.

까악까악…… 몸뚱어리의 다른 부위들이 거의 다 잘려 나갔기 때문에, 이제는 가슴에 칼질을 하지 않으면 안 되었다. 아득히 멀리서 섬광 하나가 또다시 희미하게 빛나는 것처럼 보였다.

드디어 독수리가 위쪽 세계로 솟아올랐을 때 대머리가 아직 살아 있었는지 어떤지 아는 사람은 아무도 없었다. 인근에 사는 사람들이, 아니 적어도 그곳에 우연히 있었던 사람들이, 인간의 해골을 등에 업은 거대한 검은 새 한 마리를 보고서 자기네 눈을 의심했다는 이야기가 전해졌다. "여러분, 믿을 수 없는 일이 생겼어요, 어서들 와서 보세요!" 하고 그들은 사람들을 불러댔다. "독수리 한 마리가 죽은 사람의 뼈를 싣고 올라왔어요……"

6

G.Z.는 내 시야에서 사라지고 없었고, 나는 더이상 그를 생각하고 싶지 않았다. 구렁텅이에 추락하여 영원히 저 깊은 바닥에 떨어져 있는 운명이 되지 않으려고 자기 몸뚱이에서 살점을 떼어낸 다른 사람들도 생각하고 싶지 않았다. 다른 사람들이라…… 어쩌면 나 자신도 그런 사람들 중 하나인지도 모르겠다. 우리 모두는 어디로 가고 있는지도 잘 모르면서, 얼마 동안이나 가야 하는지도 모르면서 길을 나섰고, 도중에 길을 잃었다는 것을 깨달았지만 돌아가기에는 너무 늦어서, 제각기 어둠에 삼켜지지 않기 위해 우리 자신의 살점을 도려내기 시작한 것인지도 모르겠다.

나는 계속해서 관자놀이를 문질렀다. 이제 소란스러운

군중 소리와 팡파르 소리가 한 덩어리가 되어 들려왔다. 그러나 나 자신은 이미 아득히 먼 곳, 바닥없는 어두운 구렁텅이 속을 맴돌고 있었다. 각자 자기의 독수리 위에 걸터앉아 바람이 흐르는 대로 떠돌며 공중을 날고 있는 그곳을……

"어이쿠, 자네가 여긴 웬일인가? 정신이 딴 데 팔려 있는 얼굴이로군그래…… 그래도 축제는 즐겨야지, 조카."

그는 내 친척 아저씨였는데, 나를 만나서 몹시 반가운 표정이었지만 그래도 놀라움을 숨기지는 못했다. 내가 정말로 여기 있다는 것이 믿어지지 않는다는 투로 내게 말을 걸면서도, 너무나 놀라 휘둥그렇게 뜬 두 눈에 놀라움이 영원토록 머물러 있을 것만 같았다.

"내 조카라네, 라디오 텔레비전 방송국에서 일하고 있지" 하고 그는 같이 온 몇몇에게 다분히 자랑스러운 듯이 소개했다.

나는 아저씨를 좋아하지 않았다. 오래전부터 사사건건 서로 의견이 달랐기 때문에 우리는 만날 때마다 매번 입씨름을 벌이곤 했다. 간부들의 무능력, 빈곤, 스탈린, 텔레비전 프로그램, 코소보 문제, 기타 등등에서 언제나 그랬다. 우리가 같은 견해를 가진 적이 있기나 한지 전혀 기억나지 않는다. 대개의 경우 아무리 격렬한 언쟁을 벌이다가도 날씨 얘기를 할 때는 중립적이 되는 법이건만, 우리에게는 날씨 얘기도 언쟁거리가 되었다. 아저씨는 따스한 기후를 좋아했고 나는 오히려 서늘한 날씨를 좋아했는데, 이것마저도 기어이 이데올로기 차원의 결론으로 빠지고 말았다. 물론 자네야 유럽 날씨가 더 낫다고 하겠지, 모든 면에서 자네의 모범은 유럽이니까. 안 그러면 대체 뭐가 내 모범이어야 하는데요, 하고 나는 받아쳤다. 방글라데시인가요, 아니면 극동인가요? 스칸데르베그*는 알바니아를 아시아에서 빼내서 유럽의 품으로 되돌려놓으려고 사반세기를 싸웠어요. 그런데 아저씨하고 아저씨 친구들은 지금 뭘 하고 있죠? 끊임없이 알바니아를 유럽에서 떼어놓으려고 하잖아요!

대개 이쯤 되면 중국이 도마 위에 올려져 또 다른 입씨름이 터졌고, 사태는 점점 악화되어갔다. 아저씨는 나를 자유주의자에다 수정주의자로 몰아붙였다. 하지만 그런 꼬리표가 내게는 조금도 충격을 주지 못한다는 것을 확인

---

* 본명은 조르주 카스트리오타(1403~1468). 이슬람교에서 기독교로 개종하고 교황의 지원을 받아 터키와 맞서 싸운 알바니아의 영웅.

하고는, 분을 삭이지 못해 거품을 물며 더 심한 표현을 찾으려다가 못 찾고서(아저씨에게는 이런 수식어가 비난 중에서 최고의 비난이었기 때문이다) 같은 말만 되풀이할 뿐이었다. 수정주의자, 구제불능의 자유주의자라고……! 내 쪽에서는 아저씨를 그냥 간단히 친중파(親中派)라고 칭했다. 국가에 바퀴가 달려 있지 않은 것이 다행이지요, 그렇지 않았으면 우리는 아마 벌써 고비 사막이나 티베트 어딘가에 가 있었을 테니까요, 하고 나는 꼬집었다. 거기라면 아저씨는 아주 확실히 마음을 놓으시겠지요, 저주받은 유럽에서 아주 먼 곳이니까요!

중국과 우리나라의 밀월 외교를 놓고도 극심한 언쟁이 벌어졌는데, 막상 중국과 단절을 할 때 벌인 언쟁은 정도가 훨씬 더 심했다. 중국 사태가 한바탕 소란스러워질 것 같다는 소문이 처음으로 돌았을 때, 아저씨는 이맛살을 찌푸리고는 지친 표정으로 우리 집에 들이닥쳤다. 몇 가지 점에서는 나도 자네가 전적으로 틀린 것은 아니라고 생각하네, 하고 아저씨는 내게 말했다. 중국인들은 자기네가 주장하는 그런 사람들이 아니었어…… 바로 그날 서로 확실히 화해를 했어야 하는 건데, 우리는 도리어 더할 수 없이 극렬한 언쟁을 벌이고 말았다. 내가 처음으로 아저씨를 얼빠진 양반이라고 욕하고 그가 나를 고발하겠다고 협박한 것은 바로 그때였다.

둘째가라면 서러워할 중국 혐오증을 가진 내가 북경과의 관계 단절 발표에 별로 기뻐하는 것 같지 않다니 놀라운 일이라고 아저씨가 말하자, 나는 때는 이때다 하고 노골적으로 적대감을 폭발시켰던 것이다. 이것 봐, 자네, 하고 아저씨가 말했다. 자넨 정말이지 괴상하기 짝이 없는 친구야, 진짜 밥맛없는 친구라고! 자넨 아주 오래전부터 중국을 못 잡아먹어서 안달해왔어. 근데 이제 사태가 종결되려 하니까 기뻐하기는커녕 도리어 뿌루퉁하고 있잖아!?

나는 버럭 분노를 터뜨리고 말았다. 대체 내가 왜 기뻐해야 하는데요? 나는 거의 울부짖을 뻔했다. 이건 차라리 울어야 할 순간이에요! 아저씨가 뭘 안다고 그래요, 아저씨처럼 얼빠진 양반이!?

그러고는 우리가 중국과 갈라선 것은 그들의 더러운 짓거리 때문이 아니라 오히려 중국이 그런 짓거리를 포기하려 하기 때문이라고 계속해서 퍼부어댔다. 중국한테 외면당하고 나니까 우린 자존심이 상한 거예요! 우린 중국하고 손잡고 다른 더러운 짓거리를 저지르려고 돼지새끼들처럼 우방이 되었는데 막상 중국이 등을 돌리니까 우리 쪽에서 먼저 중국을 내팽개치는 것보다 더 나은 방법을 찾지 못했던 거라고요. 그야말로 머리털을 쥐어뜯어 마땅한 일인데도, 우린 늘 이런 식으로 해왔어요. 유고슬라비아가 극단적인 엄격주의로 나가던 시절에는 그들과 우방이었다가, 처음으로 긴장 완화 징후가 보이자마자 그들에게 등을 돌렸지요. 스탈린 최악의 공포정치 시절에는 소련과 동반자 관계였다가, 소련이 신중하게 자기네 문명을 회의하는 순간 등을 돌리고 말았고요. 중국과도 똑같은 일이 벌어지고 있는 거라고요. 세계는 지금 차례차례 악과 몽매주의와 결별을 하고 있어요. 그런데도 우린 끝까지 그걸 옹호하고 있잖아요. 우린 불행의 기수가 되었고 전 세계의 수치거리가 되었어요. 우리나라 같은 나라가 또 어디 있냐고요! 빌어먹을 나라, 벼락이나 맞아 고꾸라져 뒈질 나라 같으니!

아저씨는 놀라움과 증오감, 혐오감에 두 눈을 휘둥그렇게 뜨고 얼굴을 일그러뜨린 채 듣고 있었다. 간간이 두세 번 정도 내 말을 중단시키려 했지만, 아마 입이 굳어버린 모양이었다. 내가 '빌어먹을 나라!' 라고 욕을 퍼부어대자 그제야 비로소 아저씨는 간신히 혀를 굴렸다. 자넬 고발하겠네! 라고.

고자질하세요, 하고 나는 받아쳤다. 하지만 그렇게 되면 그 여파가 아저씨한테까지 미친다는 점도 잊지 마시고요!

그러자 이런 상황에서는 흔히 그랬듯이, 아저씨는 약 갑을 꺼내더니 트리니트린* 한 알을 꺼냈다.

이것이 우리가 마지막에서 두번째로 벌인 말다툼이었다. 마지막 언쟁의 꼬투리는 지도자 동지의 연설에 나온, '우리는 필요할 경우 풀을 먹을지언정 마르크스-레닌주의 원칙은 결단코 포기하지 않는다!' 하는 슬로건이었다. 존엄한 인민에게 이보다 더 불합리하고 모욕적인 언사는 상상도 할 수 없다고, 나는 아저씨에게 쏘아붙였다.

"그 원칙이란 게 대체 뭐라고 그걸 위해서 우리가 짐승처럼 살아도 좋다는 겁니까? 나중에 그게 우리에게 무슨 소용이 되는데요? 양치기를 찬양하는 데 소용이라도 되나요?"

아저씨는 얼굴이 하얗게 질리고 턱을 덜덜 떨면서, 뭐라고 대답을 해야 좋을지 몰라 했다.

"글쎄, 어서 대답해봐요, 말해보라니까요!" 하고 나는 계속 소리쳤다. "키르케**처럼 우리를 짐승으로 탈바꿈시

---

* 협심증 치료제.
** 그리스 신화에 나오는 매혹적인 마녀 헬리오스의 딸. 인간에게 마주(魔酒)를 먹이고 마술 지팡이로 때려 돼지로 만든다. 뒤에 오디세우스가 물리친다.

켜놓기에나 딱 알맞은 그 원칙이란 게 도대체 우리에게 무슨 소용이 되겠느냐는 말이에요!"

그렇지만 한편으로는 속으로 이런 생각이 들었다. 혹시 모르지, 어쩌면 이것이야말로 '그 작자'의 남모르는 소망일지도 몰라, 인간 존재를 되새김질 동물 수준으로 끌어내리는 것 말이야…… 인간을 굴종시키고, 우둔하게 만들고…… 그 모든 걸 마르크스-레닌주의 원칙의 이름으로 말이지…… 하느님 맙소사, 이 얼마나 대단한 위선인가!

"지금 얼마나 음산한 연극이 벌어지고 있는지 알기나 해요?" 하고 나는 외쳤다. "전 세계가 하나같이 삶을 즐기려고 애쓰고 있는데, 우리는 언제까지나 소위 몇 가지 원칙의 이름으로 우리 자신을 희생시켜야 하는 건가요? 아저씨도 인정하듯이 전 세계가 확실히 포기해버린 마당에, 도대체 알바니아 인민이 마르크스-레닌주의 원칙과 무슨 상관이 있습니까? 대관절 무엇을 위해서 굶기를 밥 먹듯이 하는 가난뱅이에다 학대받는 우리 인민들이 우리가 만들어내지도 않은 원칙의 유일하고도 유일한 옹호자로 남아 있어야 한다는 겁니까? 미래 인류의 이름으로? 그건 파리나 런던이나 빈 사람들이 풍요와 음악과 쾌락에 눈이 멀어서 잘못된 길을 가고 있으니까 우리 알바니아인들은 그 사람들의 영혼의 안녕을 위해서 풀이나 뜯어먹고 우리 스스로를 희생해야 한다는 뜻인가요? 세상에나, 이거야말로 기괴한 익살극이 아니고 뭐냐고요!"

"그만해!" 하고 마침내 아저씨가 혀를 굴리는 데 성공했다. "자넨 골수까지 썩었어, 그래서 더이상 이해를 못 하는 거야. 설사 알바니아가 지구 표면에서 지워져야 한다고 하더라도, 지도자 동지의 사상이 알바니아의 미래를 확신하는 한 그런 건 하나도 중요하지가 않다는 걸 자넨 이해하지 못하는 거야."

나는 난생 처음 들어보는 해괴한 논리에 아연실색하여 말문이 막혀버렸다(나중에 나는 이것이 비밀 간부회 때 내무부 장관이 발설한 내용이라는 것을 알았다).

아저씨에게 내 침묵은 패배를 인정하는 것으로 보였고, 아저씨는 이것을 항복으로 해석했다. 아저씨는 승리감에 찬 시선으로 잠시 나를 경멸하듯 아래위로 훑어보았는데, 결국 이번에는 아저씨가 꿈에도 예상 못 한 방식으로 나는 다시 반격에 나섰다.

그런 식으로 말씀하신다면, 아저씨는 지도자 동지에 대해 최악의 비난을 가하는 겁니다, 하고 나는 말했다……

"내가 지도자 동지를 비난한다고, 내가?" 하고 그는 냉

소했다. "도대체, 누가 지도자 동지를 비난했다고?"

"바로 아저씨라니까요! 알바니아가 아니면 지도자 동지라고 양자택일을 언급했다는 사실만으로도 이를테면 지도자 동지의 위상에 대해 중대한 비난을 가한 꼴이 되거든요. 그건 다시 말하면, 아저씨 말에 따르면, 이거 아니면 저거다, 이 한심한 세상에 둘 다를 위한 자리는 없다는 뜻이 되니까요. 다른 말로 하면, '네가 죽어야 내가 산다'는 얘기지요."

"난 그런 말은 하지 않았어, 내 말을 왜곡하지 마!" 하고 그가 고함을 질렀다……

"하지만 아저씨가 한 말은 분명히 그런 뜻이에요!" 나는 되받아쳤다. "아저씨는 분명히 그렇게 말했어요. 지도자 동지의 사상이 영원히 살아 있으려면, 알바니아가 지구상에서 사라져야 한다고요!"

그러나 갑자기 내 머릿속에서는 모든 것이 뒤죽박죽 혼란스러워졌다. 어쩌면 이것이야말로 분명 지도자 동지의 남모르는 소망인지도 모를 일이었다. 언제나 비렁뱅이 인민들을 먹여 살리고 통치해야 하는 이 성가신 나라 알바니아가 지표면에서 영구히 지워져버렸으면 하는 것이! 일단 이 나라가 지워지고 사라져버린다면, 모든 것은 얼마나 깨끗할 것이며 얼마나 말끔할 것인가! 죽어 없어지긴 했어도 지도자 동지의 책이나 사상을 통해 되살아난 나라 알바니아는 말이다. 그렇게 되면 얼마나 편리할 것인가. 지도자 동지의 주장과는 반대로 흘러가는 현실도 사라져 없어지고, 지금까지 이미 저질러진 범죄의 흔적도 증거도 깡그리 없어져버릴 테니. 오로지 지도자 동지의 책과 사상과 빛 외에는 아무것도 남아 있지 않게 될 테니 말이다……
아저씨는 계속해서 부르짖었다.

"난 그런 말을 한 적이 없네! 자넨 모사꾼이야, 악마 그 자체야!"

우리의 언쟁은 끝나가고 있었고, 늘 정해진 순서대로 결말지어질 참이었다. 자넬 고발하겠네…… 그러세요, 그러고 나면 그 여파가 아저씨한테까지 미치게 될 테니까요!…… 그 다음은 트리니트린 알약. 기타 등등. 그러나 이번에는 한 가지 차이가 있었다. 내가 이렇게 덧붙인 것이다. 아저씨를 고발할 거예요! 나아가서, 조롱하고 싶은 마음이 솟구친 나머지(나는 조롱이 내 마음을 가라앉히는 재주가 있다는 것을 깨달았는데, 특히 그 조롱이 아저씨에게 효과를 십분 발휘할 때는 더욱 그랬다) 나는 이렇게 끝맺었다. 아저씨를 고발하겠어요, 하지만 유감이네요, 그러고 나면 그 여파가 나한테까지 오게 될 테니까요.

상황이 여기까지 이르자 아저씨는 일체의 냉정을 상실해버렸고, 그래서 서로 상대를 고발하겠다는 협박이 뒤죽박죽 얽힌 일이며, 서로 그 여파가 상대에게 미치게 될 거라고 소리친 얘기며, 급기야는 내가 느닷없이 덤벼들어 약갑에서 트리니트린 한 알을 꺼내갖고는 쏜살같이 도망을 치는 바람에 아저씨도 놀라고 나 자신도 놀라버린 일에 이르기까지, 우리의 언쟁은 유달리 기괴한 장면으로 결말이 나고 말았다.

십중팔구 아저씨 역시 이러한 기억들이 이런저런 형태로 머리에 떠올랐던지, 아저씨의 두 눈에서는 놀라움도 끊임없이 커져갔다. 놀라움과 더불어 일종의 승리감도 커져갔다. 결국 자네도 올바른 길로 들어섰군그래, 조카! 수도 없이 발버둥을 쳤지만 양의 우리로 되돌아오고 만 거야!

"그러니까 자네도 초대장을 받았군?" 하고 아저씨는 가볍게 내 어깨를 툭 치면서 말했다. "축하하네, 축하해! 정말 잘된 일이야……"

우리 둘뿐이었다면 아저씨는 아마 이렇게 말했을 것이다. 그러니 이젠 바보 같은 말은 그만두지그래, 응?……비록 아저씨가 아무 말도 하지는 않았지만, 아저씨의 태도

와 시선, 그리고 '신 알바니아' 스튜디오가 제작한 영화에 흔히 나오는 장면처럼 어깨를 툭 치는 태도 등은 어쩌면 내게는 훨씬 더 강한 메시지를 전달하는 것이었다.

나는 자리를 피하려고 손을 내밀었지만, 아저씨는 기분이 좋은지 계속 말을 걸었다.

"아니, 벌써 가려고? 여기 있게. 자리가 좋지 않은가, 전부 다 보이잖아."

"그게……"

내 보호 본능은 내가 대회장 안에 초대받았다는 사실을 아저씨에게 알리지 말라고 했지만, 더이상 무어라고 꾸며댈지를 몰라서 결국은 말하고야 말았다.

그 즉시 아저씨는 마치 내 손에서 초대장이 아니라 부고장이라도 본 것처럼 백팔십도 태도가 돌변했다.

아저씨는 초대장을 받아들었다. 아니 좀더 정확하게 말하자면, 맹금처럼 격노한 몸짓으로 내 손가락에서 낚아채갔다. 그러고는 의심 가득하고 탐욕스러운 두 눈으로 마치 용서할 수 없는 오류라도 잡아내려는 듯 글줄들을 유심히 살펴보았다. 그렇게 두 손으로 잠시 초대장을 붙들고 있는 동안(아저씨의 두 손이 부들부들 떨리는 것처럼 느껴졌다) 아저씨의 이마에서는 식은땀이 줄줄 흘러내렸다. 아저씨의 표정이, 아저씨의 온몸이, 심지어 위협적으로 짤그랑거리는 듯이 보이는 아저씨의 훈장들까지도 이렇게 말하는 것 같았다. 이건 뭔가 잘못됐어, 잘못된 거라고! 자네가, 대회장 안에 초대를 받다니, 당 간부들에 관해, 스탈린에 관해, 자유무역에 관해서도 불온한 사고방식을 갖고 있는 자네가 말이야…… 적의의 그림자와 의혹의 그림자가 그의 시선 속에서 서로 싸우고 있었다. 나는 아저씨가 그 자리에서 관계 기관에 전화를 걸 수 있는 상황만 되었더라면 주저 없이 상황을 보고했으리라고, 아니 차라리 주저 없이 나를 고발했으리라고 맹세할 수 있다. 그 아이는 제 조카입니다, 그건 사실입니다, 하지만 무엇보다 당이 먼저가 아닙니까, 안 그렇습니까?

"뭐가 잘못됐나?" 하고 사람 좋아 보이는 친구 하나가 물었다.

"음…… 아니, 아냐!"

아저씨는 마침내 내게 초대장을 돌려주었다. 문득 그의 얼굴은 더할 수 없이 무기력하고 지쳐 보였다. 하지만 어느 순간 갑자기 얼빠진 모습이 싹 가시더니 심술궂은 빛이 그의 시선을 꿰뚫고 지나갔다. 아저씨의 두 눈은 가늘어지고 작아지더니, 급기야 바늘 끝처럼 뾰족해졌다. 그는 나로서는 참기 어려운 집중력을 담아 그 두 눈으로 나를 쏘아보았다. 자신이 나보다 우월하다는 의식이 방금 전에 그토록 기죽어 보이던 모습을 순식간에 확 바꾸어놓았다. 그 표정에서는 내가 가장 두려워하는 질문이, 잔인한 질문이 읽혔다. 자네가 무얼 어떻게 했기에 초대를 받게 됐을까? 그리고 내친 김에 이런 빈정거림도 읽혔다. 그렇게 잘난 체하더니, 결국은 다른 방법이 없다는 걸 확실하게 깨달았군그래……

이번에는 내가 식은땀으로 범벅이 될 차례였다.

자네가 밤이나 낮이나 심심하면 헐뜯어대던 우린, 솔직히 우린 적어도 자격을, 초대받을 자격을 갖추고 있네, 다른 사람들도 마찬가지지만 말이야. 우리의 언행은 우리의 사상과 배치되지 않아. 그러니 이 행사는 우리의 축제야. 하지만 생각이 다른 자네는, 자넨 여기에 뭘 주워 먹으러 왔지?

제일 높은 계단에 올라설 수 없다는 시기심이 자네를 그렇게 비판적으로 만든 것이 아닌가? 그런데 이제 기회가 찾아오니까 자넨 재빨리 과거의 모습을 부정했고, 위로 올라가려고 몸과 마음을 팔아먹었어. 세게 나간 모양이지, 조카? 우리를 따라잡기만 한 게 아니라 우리 모두를 추월

했으니까 말일세! 그래, 크게 한 방 때린 게 분명해! 하지만 좋아, 뭐 이런 일은 원래 그렇게 진행되는 거니까. 이젠 우리가 자넬 지켜주겠네, 조카!

나는 이것이 대략 아저씨가 되새김질하고 있는 내용이라고 확신했다. 그에게 이렇게 소리쳐주고 싶은 미칠 듯한 욕구가 솟구쳤다. 아니에요, 아저씨가 그 빈약하고 너저분한 머리통 속에서 되씹고 있는 짓 따위는 난 하나도 하지 않았어요, 늙다리 아저씨! 오히려, 한 시간 전이었다면 얼마든지 초대장을 데이트 약속과 맞바꾸었을 거라고요. 상대가 누군지 아저씨가 알기나 한다면…… 하지만 아저씨처럼 머리 빈 바보가 뭘 알 수 있겠어요?……

방금 돌려받은 초대장을 손에 꼭 쥐고 있는데, 아저씨가 이렇게 내뱉었다.

“그럼 가보게, 늦겠어……”

그의 말만큼이나 눈빛도 얼음처럼 싸늘했다. ‘꺼져버려, 화근덩어리 같으니!’ 라고 말했던들, 이보다 더한 분노를 표시할 수 있었을까.

악마에게나 가버려요, 노망난 영감탱이, 그 귀 따가운 횡설수설도 다 갖고 가요! 하고 나는 속으로 혼잣말을 했다. 그러고는 악수도 하지 않고서 아저씨를 떠나왔다.

얼마 후, 나는 대회장 쪽으로 구불구불 이어진, 초대받
은 사람들의 가느다란 행렬을 따라가고 있었다. 은근하게
힐끗거리는, 남모르는 시선들이 우리를 사방에서 따라다
녔는데, 그 시선들에서는 부러움과 찬탄, 시기심이 뒤섞여
있어 분명 '썩은 미소'라고 부를 만한 미소를 읽을 수 있
었다.

이 초대장을 찢어버리고서 여기에 모습을 나타내지 않
는 편이 좋았을 것이다. 아, 수지, 어쩌자고 넌 나를 이토
록 초라하게 만들어놓았느냐……

7

그녀를 잃은 슬픔은 잔인하게도 나를 갈기갈기 찢어놓았다. 수지. 그녀에게서 버림받을까봐 겁이 날 때마다 나는 머릿속으로 그녀의 이름을 이렇게 부르곤 했다. 이 이름은 당 간부 딸의 오만함을 더 잘 드러내어 사람들의 귀에 더욱 거슬렸을 것이다. 수지, 넌 어쩌자고 나를 이토록 초라하게 만들어놓았니. 나는 속으로 묻고 또 물었다. 넌 내게 이별을 고할 날을 잘도 택했구나!

나는 그녀를 잃은 아픔이 얼마나 오래갈지 알고 있었지만, 이날의 아픔은 글자 그대로 견디기 힘든 것이었다.

주변에 가득한 환희 속에서 유독 나 혼자 침울한 표정으로 계속 앞으로 나아가고 있는데, 바로 몇 걸음 앞에서 화가 Th. D.의 얼굴이 보였다. 그 역시 대회장 안을 향해 걸어가고 있는 듯했다. 그는 작은딸의 손을 잡고 있었다. (저런, 아까 그 푸른색과 붉은색 리본은 어디로 사라졌을까?)

그를 바짝 따라다니면 아마 사람들의 주목을 좀 덜 끌게 되리라는 생각에, 나는 되도록 그의 옆에서 걸어가려고 팔꿈치로 사람들을 헤치고 나아갔다. 그 옆에 있으면 어쩌면 여기에 모습을 나타낸 그의 정당성을 나도 약간은 이용할 수 있을 것 같았다. 적어도 그가 여기에 초대받은 이유는 누구나 다 알고 있을 테니까.

앞으로 나아가면서 내내 그의 표정을 살펴보았다. 내 얼굴을 빼면, 그 얼굴은 이 행사에 참여한 군중 가운데 유일하게 굳어 있었다. 그는 텔레비전에서 갖가지 기념식을 방영할 때마다 항상 그런 모습으로 비치곤 했다. 오래전부터 찌푸린 얼굴을 과시할 권리라도 확보해놓은 듯한 몰골이었다. 그가 벌어들이고 있을 온갖 수익보다도 더 귀중한 권리라고 생각하는지도 모를 일이었다.

내가 아는 한, 특권층이면서 동시에 핍박받는 자라고 여겨지는 사람은 이 나라 전체에서 그 화가 외에는 아무도 없었다. 저녁 식사 후 담소를 나누는 자리에서 이 화가는 특권층으로도 불렸고 핍박받는 사람으로도 불렸으며, 심지어는 한 사람의 입에서도 이 두 수식어가 동시에 튀어나왔다. 그럼에도 불구하고 국가 권력과 그의 관계가 미스터리라는 데에는 모두들 생각이 같았다. 그가 비판을 받았다는 둥, 심지어 일생을 망가뜨릴 정도로 중대한 고발을 당했다는 둥 말들이 많았지만, 딱 한 번의 공산당 총회 때만 빼면 모든 것은 언제나 밀실 안에 있었다. 그리고 사람들이 그의 파멸을 예상하고 있을 때면('이번에는 잘릴 거야'와 '그 사람은 아무도 못 건드려', 이 두 가지 의견이 저녁 식탁에 가장 즐겨 오르는 화제였다) 언제나 변함없이 침울함이 아로새겨진 그의 얼굴이 대회장에 다시금 불쑥 모습을 드러내곤 했다.

이 신성불가침권의 대가는 과연 무엇이었을까? 우리 모두가 그렇듯이 그 역시 나름의 독수리를, 어둠을 가르고 그를 어딘가로 데려다줄, 아마 다른 어떤 독수리보다도 더 무서운 독수리를 갖고 있었을 게 틀림없으니까 말이다.

그 밖에도 그에 관한 많은 이야기들이 카페에서 혹은 저녁 식사 후에 사람들의 입에 오르내렸다. 그가 외국에서 개최한 여러 차례의 전시회가 고위층의, 더구나 최고위층의 시기심을 불러일으켰다는 이야기도 있었다. 하지만 사람들의 의견이 가장 분분한 것은, 그가 과연 국가의 운명을 좌지우지할 역할을 하는가 하는 것이었다. 어떤 사람들은 그가 작품이라는 표현 수단을 써서 이미 어떤 상당한 역할을 수행한 적이 있다고 했고, 또 어떤 사람들은 그게 아니라고 했다. 한술 더 떠서, 그게 아니라는 사람들은 국가가 그에게 훨씬 더 많은 것을 기대하고 있다고 주장했다. 그 사람이 아무도 감히 자기를 건드리지 못할 거라고 자신하는 태도를 보면 더더욱 그래, 그는 그걸 잘 알고 있는 사람이야, 그러니 그런 유리한 위치를 이용하지 않을 까닭이 어디 있겠나?

그건 자네 생각이지, 하고 다른 사람이 대꾸했다. 물론 공개적으로야 아무도 그자를 못 건드리겠지, 나도 자네와 같은 생각이야. 하지만 은밀히 뒷구멍으로 무슨 일이 생기지 않는다고 누가 장담할 수 있지? 자동차 사고를 낼 수도 있고, 음식에 뭔가를 넣을 수도 있어. 그러고는 다음날 호화찬란하게 장례식을 치러주는 거야. 그럼 연극은 끝나는 거지! 게다가 가끔씩 그 사람이 성질을 부리는 걸 보면 이런 말이 나오지 말란 법이 없잖은가. 우리가 저를 살려두는 게 고마운 일인 줄 모르나? 그거면 됐지, 뭘 더 바라는 거야? 하고 말야.

아, 맞아, 그런 생각은 못 했군, 하고 얼빠진 얼굴로 상대가 대답했다.

이것이 대충 그에 관해 떠도는 이야기들이었지만, 그의 발뒤꿈치를 따라 앞으로 걸어가는 동안 무엇보다도 내가 관심을 가진 것은, 그가 어떤 야비한 짓을 해서 대회 초대장을 얻어냈다고 보는 사람은 아무도 없으리라는 것이었다. 그러니까 이제는 십자가를 짊어진 듯 고행길처럼 되어버린 대회장 가는 길에서, 나는 그의 신성 불가침권을 약간 이용하고 있는 것뿐이라고 부득부득 나 자신을 계속 설득했다.

도중에 고위 간부 몇 명과 만났는데(적어도 옷차림으로 판단해보면 그런 것 같아 보였다), 이들은 차례로 여자아이의 뺨을 어루만졌다.

"이분은 신문사의 높은 분이시란다. 그리고 이분은 외무부 장관이시고" 하고 그는 마치 장난감을 가리키듯이 딸에게 미소를 지어 보이면서 말했다.

적어도 그것이 내가 받은 인상으로, 그의 말 한 마디 한 마디에는 높은 사람에게서 풍겨나오는 거침없는 태도가 진하게 담겨 있었다. 이제 자신이 불멸을 약속 받은 존재임을 잘 알고 있는 남자가 높은 곳에서 이 비천하고 덧없는 세상사를 내려다보면서 설명하는 것 같은 인상이었다.

“누가 더 중요한 사람이에요, 외무부 장관하고 내무부 장관 중에서요?” 하고 그들이 멀어져가는 동안 딸아이가 묻는 소리가 들렸다.

나는 대답을 들으려고 조금 더 가까이 따라붙었다.

“글쎄…… 어떻게 말해야 할까? 내무부에서 하는 일들이 확실히 더 중요하겠지.”

“하지만 외무부가 더 멋지잖아요!” 하고 어린 소녀가 따졌다.

“파티 때 본 드레스 말이구나? 네 말이 맞다.”

우리는 거의 대회장 코앞에 와 있었다. 이제까지보다 훨씬 더 엄격한 통제선이 우리를 기다리고 있었다.

나는 초대장을 꺼내들고 앞으로 나아갔다. 왠지는 몰라도 귓속에서 윙윙거리는 소리가 들리는 것 같은 기분이었다.

“신분증을 보여주시오.”

“아, 예.”

몇 미터 밖에서는 전혀 다른 분위기를 연출하는 또 다른 공간이 시작되고 있었다. 거기서는 각자 자기 자리를 찾고 있는 외국인 파견단들, 외교관들, 텔레비전 카메라들을 볼 수 있었다.

나는 그곳까지 몇 미터를 가벼운 발걸음으로 가로질렀다. 내 움직임 하나하나가 붕 떠 있는 것 같았는데, 특히 내 얼굴 표정이, 아니 좀더 정확하게 말하자면 내 미소가 그렇게 보일 것 같았다. 누군가가 내게 대회장의 C-1열로 가는 길을 가르쳐주었지만 나는 금세 잊어버리고 말았고, 결국 다른 사람이 또다시 일러주었다. 내 양 어깨는 이쪽 저쪽에서 다른 사람들의 어깨와 끊임없이 부딪쳤다.

저 사람들은 어떤 방법을 통해서 여기까지 왔을까? 잠깐 동안은 모든 사람들의 시선에도 이런 질문이 들어 있는 것 같았지만, 이윽고 잠시 후에는 그런 걸 궁금해하는 사람은 나밖에 없을 거라는 생각이 들었다. 전반적인 환희의 분위기가 마치 엄청난 양의 양념 소스처럼 전체를 뒤덮어서 사람들의 취향을 동질화하려 하고 있었다. 이제부터는 우리끼리였다. 무엇이 우리를 여기서 서로 만나게 했는지는 더이상 중요하지 않았다. 어찌 되었든 우리는 모두 같은 길을 걸어온 사람들이었다. 이곳으로 오는 길을. 권력 가까운 곳에 있는 사람이든, 천상의 빛 옆에 있는 사람이든, 올림포스 산에 오른 사람이든!

누군가의 불만 가득한 두 눈이 나를 신랄하게 쏘아보는 것 같았다. 어쩌면 저들이 이제 막 음미하려 하는 크나큰

기쁨에 나의 존재가 장애가 되고 있는 것은 아닐까. 선택된 사람들만이 들어올 수 있는 이곳에, 그냥 단순히 인간이기만 한 자가 무엇을 하러 왔을까? 밀고를 했든지 아니면 고발을 했다? 좋다, 그렇다고 치자, 하지만 그렇다 해도 저자를 여기에 초대하는 건 시기상조다! 이런 식으로 사람을 들여보낸다면, 알바니아 사람 절반을 들여보내야 하지 않겠는가……

그러나 불만에 찬 두 눈이 내게 초래했던 불편함은 이내 흩어져버렸다. 대회장 건너편에서 팡파르가 계속 신나는 행진곡을 쩌렁쩌렁 울려댔다. 마치 열시가 가까워진 것을 느끼기라도 한 듯이, 작은 깃발들이 바람에 더욱더 활기차게 몸을 떨어댔다. Th. D.가 잠시 보이는가 싶더니 이내 시야에서 사라졌다. 어쩌면 그는 훨씬 더 멀리 가고 있는지도 모를 일이었다. B코너로, 아니면 심지어 A코너로……

8

이상하게도 붕 뜬 듯한 기분이 계속되었다. 아마도 권력에 가까이 다가갔다는 도취감 때문인 것 같았다. 사람이 상징물이나 팡파르 따위를 이용하는 데에는 다 그만한 이유가 있는 것이다.

장례식 뒷맛과 같은 씁쓸함만 없었더라면 이 도취감은 확실히 완벽했을 것이다. 수잔나의 장례식 말이다. 나는 대회장에 들어서면서 수잔나를 잃었다. 꽃과 음악, 그리고 장엄한 진홍색 천막까지도 사라진 그녀와 완벽하게 조화를 이루고 있었다. 그녀의 희생과⋯⋯

그녀의 꽃다운 나이에도

아버지를 향하는 비명과 애원에도

전투에 도취한 사령관들은 대리석처럼 차갑기만 하구나……

아가멤논의 딸이 치른 희생에 관하여 최근 며칠간 읽었던 내용들이 도무지 잊히지가 않았다. 행사장의 왁자지껄한 소리, 팡파르 소리, 그리고 선전 문구들로 온통 뒤덮인 붉은 옥양목 천들은 거기서 나를 멀어지게 하기는커녕 오히려 더욱더 빠져들게 했다. 2,800년 전에도 꼭 오늘처럼, 대회장을 향해 움직여 가는 대규모 군중과 같은 무리들이 필경 역시 붉은색으로 뒤덮인 제단을 향해 모여들고 있었을 것이다.

어디를 그렇게들 서둘러 가십니까? 무슨 일입니까? 자네 아직 모르는가? 듣자 하니 아가멤논의 딸이 제물로 바쳐질 거라네……

병사들로 바글거리는 아울리스 항구에서는 여러 날 전부터 소문이 떠돌고 있었다. 쉼없이 강풍이 불고, 해안 가까이 닻을 내린 선박들에 파도가 부딪치며 거품을 일으키는 동안, 대다수 사람들은 트로이로의 출항이 늦어진 이유를 설명하는 소리를 듣고 당혹감에 빠져 있었다. 정말로 바람 때문일까, 아니면 다른 이유가 있는 것일까? 강풍이라면 여기까지 올 때에도, 아니 심지어 더 먼 곳까지 항해할 때에도 이미 당할 만큼 호되게 당해봤다. 여기저기서 들리는 소문처럼 정말 대장들 사이에 갈등이 있다면 왜 툭 터놓고 공개하지 않는 것일까?

"실례지만, 지금 몇 십니까?"

나는 완전히 방심을 하고 있던 터라, 내게 시간을 물은 남자가 내 팔꿈치라도 스쳤더라면 아마 너무 놀라 펄쩍 뛰었을 것이다. 그랬으면 얼마나 수상쩍게 보였을까!

누군가가 내게 미소를 짓는 것 같았다. 드디어 정신이 나갔구나, 나는 이렇게 생각했다. 이제 사람들을 알아보지도 못하는군. 하지만 곧, 그 사람은 나를 보고 미소를 짓는 게 아니라는 것을 깨달았다. 그 사람은 바싹 마른 무화과 같은 몰골에 시들어빠진 얼굴을 하고 있었다. 그의 미소는 뭔가 의심하거나 빈정거리거나 심지어 인간이라면 아무도 이해 못 할 어떤 뜻을 풍기며 얼굴에 잔뜩 주름을 만들고 있었는데, 이 얼굴에서 무엇이 내 관심을 끌었는지 알 수 없었다. 아니, 저 사람은 수잔나 아버지의 고문이잖아! 하고 나는 속으로 외쳤다. 작년에 그가 어떤 텔레비전 프로그램에 나왔을 때, 동료 하나가 내게 이렇게 소곤거렸었다. 저 사람이 X 동지의 수석 고문이야.

나는 내가 품을 수 있는 온갖 적대감을 쏘아 보내며 그를 살펴보았다. 그는 얼마 안 있어 수잔나의 태도가 돌변하리라는 것을 알고 있었을까, 아니면 모르고 있었을까? 수잔나 아버지의 최측근 고문이니 틀림없이 알고 있었을 것이다. 게다가…… 혹시 그녀를 희생시키도록 부추긴 주동자가 바로 그가 아니었을까? 칼카스*처럼……

나의 상상은 또다시 고대 아울리스 항구를 향해 날아갔다. 해안과 암초에 부딪쳐 되밀려가는 파도는 연신 으르렁거렸고, 연안 지대를 따라 흩어져 있는 병사들이 끊임없이 오고가는 바람에 동원 해제의 분위기는 한층 더 어수선했다. 대다수 병사들은 전쟁이 중단되기를 꿈꾸었고, 아내나 약혼녀 곁으로 돌아갈 수 있기를 열망했다. 더구나 떠도는 소문에 의하면 전투가 취소되리라는 것이 거의 사실인 듯했다. 그때 별안간 마른하늘에 날벼락처럼 전혀 엉뚱한 소식이 날아들었다. 강풍을 가라앉히기 위해 군사령관인 아가멤논이 자신의 딸을 제물로 바칠 것이라는 소식이!

---

* 트로이 전쟁에 참여한 그리스 예언자. 이피게네이아를 제물로 바칠 것과 트로이의 목마를 만들 것을 권유한 사람으로 알려져 있다.

　대다수 사람들은 자신의 귀를 믿지 않았다. 함대의 대장을 따르는 사람들이 믿지 않은 이유는 그것이 너무나도 고통스러운 소식이기 때문이었다. 과연 그러한 희생이 정말로 꼭 필요한 일일까? 대장에 악의를 가진 사람들이 믿지 않은 이유는 대장이 그러한 헌신을 할 수 있는 사람이라는 사실을 인정하고 싶지 않기 때문이었다. 끝으로, 그냥 간단하게 전투가 취소되기만을 바라는 사람들도 역시 믿고 싶지 않기는 마찬가지였다.

　그랬다, 이건 있을 수 없는 일이었다. 그야말로 미친 짓이었다. 어떠한 필요성으로도 요구할 수 없는 광기였다. 늙은 선원들의 말에 따르면, 지금의 강풍은 누군가의 목숨을 빼앗을 정도로 심해 보이지는 않는다고들 했다. 게다가 제사를 지낸 후에 바람이 잠잠해지리라고 어느 누가 장담할 수 있단 말인가? 그리고 무엇보다도, 제물을 바치라고 권고한 예언자 칼카스가 신뢰할 수 없는 자라는 것은 주지의 사실이었다.

　나는 두리번거리며 수잔나 아버지의 고문을 찾아보았지만 어느 틈엔가 보이지 않았다. 그를 다시 찾았더라면 나는 이상야릇한 기분에 휩싸여 아마 그에게 가서 이렇게 물었을지도 모를 일이다. 수잔나의 아버지에게 그 돼먹지 못

한 충언을 해바친 자가 분명 당신이지? 왜 그랬소, 응? 도 대체 왜?

그레이브스의 책에는 칼카스의 태도가 충분히 설명되어 있는 반면, 오래된 원전들에 따르면 그의 인물됨은 더할 수 없이 모호한 상태로 남아 있다. 칼카스가 프리아모스 왕*이 그리스군을 무너뜨릴 목적으로 그리스로 잠입시킨 트로이 사람이라는 것은 명백한 사실이었다. 하지만 칼카스는 정말로 그리스 편에 섰고, 결국 변절자가 되었다. 따라서 과연 그가 정말로 변절자였는가, 혹시 그리스인과 손을 잡은 것은 전략이 아니었는가 하는 질문을 피해 갈 수 없다. 다른 한편으로, 그런 상황에서 흔히 일어나는 일처럼, 끝이 보이지 않는 전쟁의 소용돌이 속에서 여러 차례나 궁지에 빠졌던 그가 결국 이중 스파이가 되고 말았을 가능성도 배제할 수 없다.

아가멤논의 딸을 제물로 바치자는 제안이 그의 경력상 중요한 것은 아니었다. (모든 변절자의 예언이 다 그렇듯이, 사람들이 그의 예언을 미심쩍어했다는 사실을 간과해서는 안 된다.) 그가 여전히 프리아모스 왕에게 충실한 상

---

* 트로이의 마지막 왕.

태였다면, 가뜩이나 분열이 극심하던 그리스군 사이에 불화와 불만의 동기를 더더욱 제공하기 위해 사령관의 딸을 제물로 요구한 것이 확실하다. 하지만 그가 그리스인과 손을 잡은 것이 진심이었다면, 그가 이 희생으로 정말로 강풍을(혹은 불안감과 불화를) 가라앉혀서 함대의 출항을 용이하게 할 수 있다고 진정으로 믿었는가 하는 문제가 남는다.

그러나 그가 진짜 변절자였든 가짜 변절자였든, 선동가였든 이중 스파이였든 간에, 그의 제안은 미친 짓까지는 아니라 해도 너무나도 대담무쌍한 것이었다. 그런 미묘한 시기에, 한 발이라도 잘못 내딛는 실수를 저지르면 즉각 그것을 빌미 삼으려고 호시탐탐 노리는 적들이 수도 없이 많았을 게 틀림없으니까. 그러니 그렇게 행동한 그는 어떤 방식으로 해석하든 실패자였다.

따라서 칼카스는 절대로 어떠한 권고도 하지 않았으며 처음부터 아가멤논 본인이 자기 혼자만 아는 어떤 이유로 해서 이 희생을 생각해냈을 가능성이 훨씬 더 높다. 일단 일을 저지르고 난 다음에 모든 것을 칼카스에게 뒤집어씌우기란 어려울 것 없는 일이다. 현명한 사람들의 눈을 의식해 범죄를 정당화하고 범행의 진짜 동기를 숨길 필요가 있었을 테니까. 함대가 출항할 때 아무도 바람이 심하다는 등의 말을 하지 않았을 가능성이, 그리고 이 희생이 단 한 마디의 설명도 없이 저질러졌을 가능성이 매우 높다……

아울리스 항구의 병사와 민간인 모두가 제단이 세워진 장소를 향해 집결했다. 혼잡을 피하기 위해 어쩌면 초대장까지 나누어주었는지도 모를 일이다. 모두들 똑같은 의문이 목구멍까지 올라와 있었을 게 틀림없다. 어찌해서 이런 희생을 치른단 말인가? 도대체 이유가 무엇일까? 설명이 없으니 불안감이 증폭되었을 게 분명하다.

그렇다. 칼카스는 권고 같은 것은 한 번도 한 적이 없다. 그의 입에서 나오는 예언은 무엇이든 권모술수처럼 보여 의심을 샀을 테니까. 하지만 그렇다면 아가멤논의 머릿속에서는 왜 느닷없이 제물을 바쳐야겠다는 생각이 떠올랐던 것일까?

고위 간부들이 앉아 있는 대회장 중앙과 퍼레이드를 관람하기에 제일 좋은 자리를 향해 가는 사람들의 움직임이 마치 해변을 찰싹거리는 잔물결처럼 리드미컬하게 보였다.

나 자신도 역시 눈에 띄지 않게 왔다 갔다 하는 중이었다. 그때 수잔나가 눈에 들어왔다. 그녀는 C-2열에, 약간 아래쪽에, 간부 자녀들 사이에 앉아 있었다.

그녀는 어쩐지 창백해 보였고, 옆모습이나 치렁치렁한 머리에 꽂은 반짝이는 핀은 그녀의 무심함을 말해주는 것 같았다. 그녀는 팡파르 쪽을 향한 채 멀거니 앞을 바라보고 있었다.

저들은 왜 너의 희생을 요구할까, 수잔나? 하고 나는 슬픈 마음으로 그녀에게 조용히 물어보았다. 너는 어떤 강풍을 잠재우기로 되어 있는 거니?

잠시, 머릿속이 완전히 텅 빈 것처럼 느껴졌다. 그리고 공허감에 지치고 그 많은 질문에 몹시 피로해져서, 나는 스스로에게 이렇게 물었다. 내가 지나치게 비교를 하는 게 아닐까? 사실은 별 대수롭지 않은 일 아닐까? 많은 여자들이 약혼식이 다가오면 취하게 되는 새침한 태도 같은 것 말이다. 별것 아닌 그녀의 변덕 때문에 정신이 혼란스러워져서 그저 나 혼자만의 상상으로 비극적인 상황을 만들어내고 있는 것은 아닐까?

일부 젊은 시인들이 어렵사리 은유 한 가지를 고안해내고는 스스로 그것에 반해버린 나머지 그 은유를 차곡차곡 쌓아올려 작품 하나를 만들지만 알고 보면 그 작품은 결국 모래 위에 쌓은 것이라는 식으로, 나는 '제물' 이라는 단어에서부터 출발해서 한 가지 유사성에다 온갖 덧칠을 하고 극단으로 밀어붙인 것이 아닐까?

　수잔나와 이피게네이아 사이의 뜬금없는 연관성—하루에도 수도 없이 머릿속을 번개처럼 스치고 지나가는 우연하고 맹목적이며 덧없는 생각들 가운데 하나에 지나지 않는—이 내 머릿속에서 점점 커져서 급기야는 이렇게 엄청난 규모로 재탄생하게 될 줄은 꿈에도 상상하지 못 했던 것이다. 내게는 두 인물이 너무나도 완벽하게 동일해진 나머지, 만약 라디오나 텔레비전이나 극장에서 ‘아가멤논의 딸 수잔나 어쩌고’ 하는 소리를 들었다면, 대뜸 그 말이 지극히 자연스럽게 들렸을 것이다. 나는 이 두 인물을 동일시하여, 수잔나와 그 아버지의 상황이라는 프리즘을 통해서 문득 고대 비극에 등장하는 온갖 주요 요소들을 들여다보게 된 것이다. 아가멤논과 여타 사령관들과의 관계, 권력 투쟁, 위상 강화, 국시(國是), 징벌의 본보기, 공포 정치 등등을……

　너무 무거운 짐을 벗어버리고 싶었던지, 잠시 동안 나의 두뇌는 한쪽 방향으로, 즉 모든 것에서 연극적인 요소를 제거하는 방향으로 작동하기 시작했다. 그러나 별안간 기계는 고장이 나서 멈추어버렸고, 고통스럽게 신음 소리를 내면서 다시 반대 방향으로 돌아가기 시작했다. **아니다.** 강하고도 끈질기게 **'그건 아니다'** 하는 생각이 나의 온몸을 사로잡았다.

아니다, 그렇게 단순한 일일 리가 없다! 내가 이 절망을 더는 견딜 수가 없어서 진창 속에서 허우적대고 있는 것일 뿐, 그 모든 것이 그리 단순한 일은 아니라는 것이 확실하다! 그 유사성을 내 머릿속에 주입시킨 것은 '제물'이라는 단어도 아니었고 그레이브스의 책도 아니었다. 그것은 안개처럼 흐릿해서 선명하게 알아볼 수는 없어도, 그래도 아주 근접해 있다는 것이 느껴지는, 뭔가 다른 것이었다. 틀림없이 여기에, 모든 사람들의 시선 아래 있어서, 전반적인 방심 상태에서 잠시만 빠져나와 본다면 알아볼 수 있는 그 무엇이었다…… 스탈린 자신도 자기 아들이…… 운명을…… 모든 러시아 병사들과 운명을…… 운명을 함께해야…… 함께해야 한다고…… 말할…… 말할 수 있는 입장이…… 되기 위해서…… 그럴 수 있기 위해서 자기 아들 야코프를 희생시키지 않았던가? 그럼 아가멤논은, 지금으로부터 2,800년 전에, 그는 과연 무엇을 보여주려 했던 것일까? 그리고 오늘 수잔나의 아버지는 무엇을 추구하고 있는 것일까?

수잔나의 얼굴 옆모습이 양쪽 사람들의 두 어깨 사이에

서 흔들거려 내 생각의 흐름을 끊어놓았다. 우리가 맨 처음 데이트하던 날이 왜 다시 생각났는지는 잘 모르겠다…… 피로 물든 그물망에 걸린 여자의 얼굴…… 내 기억 속에 그녀는 그런 모습으로 굳어져 있었다…… 그때는 늦가을 의 어느 오후였다. 소파에서 첫 키스를 하고 나서, 그녀는 내 눈 속을 오래오래 들여다보더니, 이윽고 온화하게 말했다. 당신을 사랑해요. 그러더니 내가 자기 말을 제대로 이해했는지 확인이라도 하려는 듯이 여전히 묻는 듯한 표정으로 나를 계속해서 뚫어져라 바라보았다. 그녀는 자신이 방금 한 말을 입증하기 위해 내게서 어떤 신호가 떨어지기만을 기다렸고, 내가 너무나 쉽게 얻어진 승리감에 좀 당황해서 그녀에게 확신 없는 목소리로, 우리 누울까? 하고 말하자, 그녀는 그 자리에서 즉시 일어나 좀 전에 보여준 것과 똑같이 온화하고 순순한 모습으로 옷을 벗기 시작했다.

나는 그녀의 조심스러운 몸짓을 지켜보았고, 원피스를 벗고 나자 레이스 달린 속옷이 드러나는 것을 보았고, 말아 내린 스타킹 속에서 매끈하고 하얀 두 다리가 드러나는 것을 바라보았으며, 이어서 다음에는 내가 소파에서 일어나서, 마치 그녀가 몽유병자라도 되는 듯이 그녀의 머리칼

한 줌을 오른쪽 뺨으로 지그시 누르면서 조심스럽게 키스를 했다. 난 고급스러운 여자가 좋아…… 하고 나는 그녀에게 속삭였는데, 그 '고급스럽다'라는 말이 그녀의 서양식 속옷을 일컬은 말인지, 머리칼을 장식하고 있는 값비싼 머리핀을 지칭한 말인지, 아니면 꾸밈없고 소박한 그녀의 모습을 가리킨 말인지, 그때도 나중에도 나는 잘 알지 못했다. 소파에서, 조금도 저항하지 않고 그녀는 마지막 속옷까지 벗었는데, 만약 우리 사이에 갑자기 어떤 지각 변동 같은 것이 끼어들지 않았다면, 모든 일은 정말로 꼭 반수면 상태의 수채화 속에서처럼 몽롱하게 진행되었을 것이다. 그러나 그녀가 앞서 보여주었던 기꺼운 모습과는 상반되는, 그리고 그녀가 숨기려 애썼지만 숨기지 못한, 당황하고 긴장한 모습이 결국 확실하게 드러나고 말았다.

왜 그래, 수잔나, 하고 나는 숨을 몰아쉬며 물었다.

그녀는 대답하지 않았다. 하지만 그녀의 몸 한가운데서부터 가동되기 시작한 일종의 멈춤 장치 같은 것이 온몸 사방의 문을 닫고 있다는 것을 알 수 있었고, 그러자 나는 이해할 수 있을 것 같았다. 그랬어도, 그녀가 기어들어가는 목소리로 내게, 나 처음이었어요 하고 말했을 때, 나의 놀라움은 컸다.

우리는 한 마디도 입 밖에 내지 않은 채 오랫동안 소파 위에 그대로 있었다. 그러자 결국 광대뼈 아래 환한 빛을 닮은 미소 사이로 그녀가 이렇게 덧붙였다. 기분이 상했죠, 네?

나는 무어라고 대답해야 할지 몰랐지만, 그녀는 말을 이어갔다. 그래서 미리 얘기하지 않는 편이 낫겠다고 생각했던 거예요.

나는 손가락 하나 까딱할 수 없을 것 같은 기분이었다. 그 까닭은 그때 아마 슬픔이라는 베일을 배경으로 행복이 더할 수 없이 확실하게 그 형체를 드러냈기 때문인 듯했다. 조금 전까지만 해도 그토록 쉬워 보였던 승리가 이제는 맹렬한 싸움이 되어버린 것 같아 보였다. 제발, 수잔나, 나를 패배자로 만들지 말아! 하고 나는 속으로 그녀에게 애원했다.

9

팡파르가 불쑥 그치고 우레 같은 박수갈채 소리로 스피커가 쩌렁쩌렁 울리는 바람에, 사람들이 일제히 대회장 중앙 쪽으로 고개를 돌렸다. 간부들이 입장을 하고 있었다. 내 자리에서는 그들 중 일부만 보였다. 지도자 동지도, 필시 그 대열에 있을 수잔나의 아버지도 보이지 않았다. C-1열에서는 네 사람의 머리만 보였다. 그 머리들이 정말로 과도하게 컸기 때문일까, 아니면 우리 음악 부서의 동료 하나가 갖다붙인 '볼록 머리'라는 표현 때문에 그렇게 보였던 것일까? 그 동료는 사회주의가 실시된 지 40년이 지났는데 왜 꼭 정치국 위원들 대다수가 여전히 인민 중에서도 가장 미개한 계층에서 뽑혀야만 하느냐고 질문을 했다는 이유로 탄광의 강제노동형에 처해진 사람이었다. 이 말은 어느 저녁 식사 중에 나온 것으로 알려져 있었다. 뿐만 아니라 어떤 사람들은 주장하길, 그가 지금으로부터 100년도 더 전에 있었던 프리즈렌 동맹* 당시의 알바니아 정부가 오늘날의 정부보다 더 개화되어 있었다는 도를 넘어선 말을 한 적도 있다는 것이다! 그러나 그의 추방을 결정한 회의에서는 그가 했다는 말은 단 한 마디도 언급되지 않았다. 내가 취조를 받을 때도 그랬듯이, 아무리 반동으로 낙인이 찍힌 말이라 해도 아마 입 밖에 내기에는 너무나 위험한 발언이라고 판단되었던 모양이다. 그리고 역시 내가 직접 겪은 것처럼, 그 회의에서는 태만한 노동, 서양 음악에 관대한 태도, 생산적 노동에 대한 조롱 따위의 몇몇 사례만이 언급되었을 뿐이다……

당의 가장 위대한 승리, 우리의 새로운 지도자…… 이 혁혁한 승리…… 지구상에서 가장 행복한 국가…… 채무

---

* 1878~1881. 세르비아 프리즈렌에서 결성된 알바니아 최초의 민족주의 조직으로, 정식 명칭은 '알바니아 민족의 권리 수호를 위한 연맹'. 러시아-투르크 전쟁 후 베를린 회의에서 알바니아를 분할하여 몬테네그로·세르비아·그리스로 합병하려 하자, 군사력을 사용하여 몬테네그로의 북부 알바니아 합병을 막았고 그리스가 차지한 지역도 일부 되찾았다. 이 연맹은 민족 운동에 자극을 주어 1912년 알바니아 독립에 이바지했다.

도 없고…… 세금도 없는…… 유일한 사회주의 국가……

귀가 따갑게 되풀이되어온, 죽도록 지루한, 구제책도 없고 희망도 없는 개막식 연설이 지금껏 늘 그래왔듯이 조각조각 토막 난 채 내 귓전을 스치고 지나갔다. 마치 그림자놀이에서처럼, 어떤 구호들의 이면에는 그 구호 때문에 쓰러진 유명 인물들이 얼마든지 있었다. 게다가 까딱 잘못하면 처벌받기 쉬운 슬로건이나 상징물, 초상화 따위는 주변에 널려 있었는데, 가령 외국 자본을 빌리는 것이라든가, 정육점이 쓸모 있느냐 하는 언급(즉, 고기가 부족하다는 뜻), 그리고 퇴폐주의자 사르트르나 마오쩌둥의 찢어진 눈 따위를 말하는 것이 헌법에 의해 철저하게 금지되어 있었다.

그래도 우리의 음악 부서 동지는 간부들과 그 자녀들의 특권이나 별장, 외국 여행 따위를 비난한 제작국의 어떤 남자보다는 운이 좋은 편이었다. 이 남자의 경우에도 역시 저들은 그가 했던 말을 직접 언급하지는 않고서 전혀 다른 것, 즉 자유연애에 대한 그의 사상(그를 해고시키기에 딱 알맞은)을 들먹였는데, 결국 그가 한 외국인 여행객과 나눈 대화를 꼬투리삼아 그를 결정적으로 파멸시켰다. 그래놓고도 그것만으론 모자랐던 모양인지, 이미 곤궁에 빠져 있는 그가 재판을 받는 동안 여전히 '궁전'을 비난하는 말을 서슴지 않았으며, 마치 조그 왕* 시대처럼 여러 외국 은행으로 금과 다이아몬드가 빼돌려지고 있다느니, 암살에서 배신까지 온갖 악행들이 저질러지고 있다느니 하며 심중에 숨겨놓고 있던 별별 소리를 다 털어놓았다고 했다. 또한 그는 지도자 동지까지 포함하여 모두를 물고 뜯었는데, 특히 지도자 동지가 저지른 온갖 범죄의 주요 배후가 그의 부인이라며 이 여자야말로 이 나라의 맥베스 부인** 이라는 둥, 가히 알바니아의 장칭***이라는 둥, 떠들어댔다는 것이다. 그는 강제노동 15년형에 처해졌지만 형기의

---

* 아흐메드 조그(1895~1961). 알바니아 대통령을 역임한 후 1928년 다시 자신을 알바니아의 왕으로 선포한 알바니아의 정치가. 지나치게 이탈리아에 의존한 결과, 2차 세계대전 직전 이탈리아의 독재자에 의해 알바니아에서 축출되었다.

** 셰익스피어의 『맥베스』에 등장하는 인물. 의지와 실천력의 화신인 그녀는 남편 맥베스 장군으로 하여금 국왕을 살해하고 왕좌를 빼앗게 한다. 그러나 왕자와의 싸움에서 남편은 전사하고 그녀는 과거 악행에 대한 불안감에 시달리다 몽유병자가 되어 비참한 최후를 맞는다.

*** 江靑. 마오쩌둥의 세번째 부인. 문화대혁명 기간 중 가혹한 정책을 수행한 급진적 정치 엘리트 핵심 집단인 4인방 가운데 한 사람. 마오쩌둥 사망 후 중국 공산당에서 축출되고 반혁명 집단의 주범으로 몰려 사형선고를 받았지만 무기형으로 감형, 복역하다 가택 연금 상태에서 자살했다.

사분의 일도 복역하지 못했다. 들리는 말에 의하면, 크롬 광산에는 깊은 수직갱(垂直坑)이 여러 군데 있어서 우연히도 일반 범죄자들이 여기서 정치범들과 부딪혀 사고가 종종 난다고 했다. 그리하여 모든 것은 이렇게 종말을 맞았다. 계절이 바뀌고 해가 바뀌면서 서서히 진행될 파멸이 잔인하게도 눈 깜빡할 순간으로 압축되어버린 셈이다.

간부들과 특히 그 자녀들이 누리는 특권은 친척 아저씨와 내가 끊임없이 벌이던 입씨름의 주제 가운데 하나였다. 다른 주제들처럼 아저씨가 논쟁하다가 분노하는 법이 절대 없다는 차이가 있을 뿐이었다. 비록 인정하고 싶어하지는 않았지만, 아저씨도 뭔가 마음에 걸리는 게 있는 것이 틀림없었다. 하지만 이 문제를 놓고 아저씨와 벌이던 언쟁은 내가 수잔나를 알게 된 날부터 멈췄다. 그녀는 나를 놀라게 했다. 간부의 자녀들에 관해 떠도는 소문이 중상모략에 불과했던 것일까, 아니면 수잔나가 다른 자녀들과는 달랐던 것일까? 나는 오래지 않아 두번째 추정이 옳다는 것을 알게 되었다. 아닌 게 아니라 수잔나는 모든 면에서 그들과는 달랐다.

그래서 저들은 너를 제물로 정한 거야, 하는 생각이 들었다.

그러나 바로 그 순간, 칼날처럼 또 다른 생각이 퍼뜩 나를 내리쳤다. 만약에 그 희생이 꾸며낸 것에 불과하다면? 만에 하나 수잔나가, 거기에서, 그들만의 금지된 구역에서, 그들의 별장과 개인 소유의 해변에 숨어서 댄스파티와 독한 술과 난잡한 섹스를 즐기며 방탕하게 살면서도 남들의 눈에는 소박하고 겸손한 여자인 척하는 거라면?

날카로운 질투심이 면도날처럼 나를 베었다. 아가멤논의 딸이 제물로 바쳐졌다는 것이 거짓이었을 가능성에 관해서도 읽은 바가 있지 않은가? 최후의 순간에 제단 위에서 그녀를 암사슴 한 마리로 바꿔치기했을 가능성 따위에 관해서 말이다. 대중에게 충격을 줄 목적으로 상투적인 볼거리를 연출했는지도 모를 일이다. 고위 계층의 간부가 전형적으로 내보이는 해결책일 것이다. 겨울 바닷가 별장에서 미친 듯이 춤을 추고, 옷을 벗어던지고, 소파에 몸을 내던지고, 신음을 하는 음탕한 나의 수잔나…… 아니다, 아니야, 그럴 바에야 차라리 죽는 게 낫다, 끝장이 나는 게!

나는 어느 오후에 녹음기에다 그녀의 한숨 소리와 헐떡거리는 숨소리를 녹음해두었다가, 모두들 자고 있는 밤늦은 시간에 아파트 주방에 틀어박혀 그 소리를 들은 적이 있었다. 그녀의 행위나 모습과는 완전히 분리된 채 목소리만 그렇게 듣다보니 이상야릇한 기분이 들었다. 목소리는 차분했지만, 숨소리와 틈새로 가득해 군데군데 여백이 많았다. 경찰의 호루라기 소리, 멀리서 들려오는 자동차 경적 소리 따위의 거리의 소음이 간간이 끼어들어, 흡사 어둠의 깊이를 헤아릴 수 없는 어느 여름밤 언저리에 우연히 떨어지는 유성처럼, 목소리에 우주적인 차원을 가미해주고 있었다.

카세트테이프를 되감아서 여러 차례나 다시 들어보아도 소용이 없었다. 그 우주의 공허감은 사라지기는커녕 점점 더 커질 뿐이었다. 그녀와는 동떨어져 아주 멀리 있는 듯한 기분이 들었다. 어떤 때는 문득문득 그녀가 땅 속에 들어가 있고 나는 그녀의 무덤 위에서 그녀의 하소연을 듣고 있는 것 같았다. 또 때로는 내가 땅 속에 묻혀, 진흙더미를 사이에 두고서 세상의 소란스러운 소리와 함께 그녀의 신음 소리를 듣고 있는 것 같기도 했다.

한번은 그 헐떡이는 소리로 세상을 가득 채우려는 듯 볼륨을 최대한으로 높여보았다. 그러자 나는 그녀의 검은 거웃 외에는 아직 한 번도 그녀의 성기를, 이 폭풍우의 진정한 원천인 성기를 본 적이 없다는 생각에 사로잡히기 시작했다.

그 다음 데이트 때, 그녀는 사랑과 연관된 일에서는 항상 그렇듯이 진지한 모습으로 거웃 아래 성기의 발그스레한 음순이 나에게 보이도록 자세를 취해주었다. 몇 초 동안 나는 그것을 살펴보았다. 마치 으르렁거리는 고함 소리를 듣고서 무서운 야수가 숨어 있으리라고 생각했다가 막상 수풀 속에서 온순한 작은 짐승을 본 사람처럼, 내 두 눈에는 아마 놀라움이 가득했을 것이다.

그토록 복잡한 기능에 비해 매우 간단하게 생긴 그녀의 성기는 그렇게 내게 모습을 드러냈다. 나는 나도 모르게 그것을 전 약혼녀의 성기와 비교해보았다. 전 약혼녀의 그것은 위압적이었고, 이렇게 말할 수 있을지 모르겠지만, 괴상야릇하게 생긴 쾌락의 증류기였다. 그러나 어쩌면 처음부터 그런 모습은 아니었는지도, 어쩌면 사용하면서 그렇게 되었는지도 모를 일이었다…… 그것을 통해 사출된 정액이 너무나 많았던 탓에…… 꼭 내 것만이 아니라도 말이다. 나를 만나기 전에 그녀는 다른 두 녀석과 관계를 가졌으니, 내 눈에 그것의 크기를 과도하게 크게 보이도록 만들어놓은 것은 아마도 그중 한 녀석이었는지도 모른다. 반면에 수잔나는 처음 시작한 단계일 뿐이었으니까. 어쩌면 나중에 꾸미고 숨기고 하다보면 그녀의 성기 역시 좀더

복잡해질 수도 있을 것이다…… 나중에, 내게는 더이상
권리가 없어져버렸을 때……

10

갑작스러운 팡파르 소리에 나는 소스라치게 놀랐다. 퍼레이드가 시작되고 있었다.

텔레비전에서 수도 없이 보아왔던 것과 똑같은 장면이 여전히 되풀이되고 있었다. 체조선수들이 높이뛰기용 장대로 체조 동작을 하며 전진했고, 장대는 깃발, 꽃다발, 화관으로 장식되어 있었다. 이어 운동선수가 남녀 2개 조로 나뉘어 서로 다른 색의 제복을 입고 행진했다. 그들 뒤로는 언제나 그래왔듯이 제철공을 앞세운 기업인이 따라 나올 테고, 그 다음은 광부, 직조공, 점원, 문화계 일꾼, 그리고 지역 주민 대표단, 교육계 사람들이 입장을 하겠지…… 휴우…… 정치국 위원들의 거대한 초상화들이 뻣뻣하게 흔들거리며 사람들 머리 위로 연이어 모습을 나타내고 있었다. 내 시선은 그중 단 하나에, 수잔나 아버지의 초상화에 붙박여 있었다. 그는 왜 딸에게 입는 옷과 만나는 사람들을 바꾸라고 강요한 것일까? 거기서 어떤 메시지를 보아야 할까? 어떤 상징을?

만일 그가 공포심에서 이런 조처를 취했다면, 혹은 자신의 기반이 곧 무너질지도 모른다는 의혹을 갖고 있었다면 얼마든지 이해할 수 있는 일이다. 그런데 그는 몰락의 길을 가고 있지 않았을뿐더러, 오히려 하루가 다르게 승승장구하고 있는 중이었다. 그런데 다름 아닌 바로 그 승승장구가 '희생'이라는 단어를 낳았고, 이 '희생'이 수잔나의 미래를 결정하고 만 것이다.

이제 그의 초상화는 거의 대회장 맨 상단까지 가 있었다. 열번째로, 나는 속으로 외쳤다. 그것은 대체 무엇을 의미하는가?

몇 년 전 살벌했던 문화 자유화 반대 운동도 처음에는 그렇게, 거의 알아차릴 수 없을 정도로 미미한 것에서 시작되었다. 루시냐 도(道)에서 편지 한 통이 날아왔는데, 라디오 텔레비전 방송의 가요제에서 사회를 보았던 어느 여성의 드레스에 관해 몇 가지 사항이 지적되어 있었다.

조소와 조롱 투의 편지는 방송국의 음악 부서에서 라디오 부국장의 손으로 넘어갔다. (좋아, 여성 사회자의 드레스가 좀 길어서 땅에 끌리는 걸 보고 기분이 나빴다 이거지. 뭐, 세대가 달라서 그런 거야, 별 거 아냐. 왜 그런 사람들 있잖아! 사사건건 비뚜름하게 받아들이는 사람들! 굳이 열 받고 말고 할 것도 없어…… 문제를 일으키려는 속셈만 아니라면 말야.) 진지하게 생각해서라기보다는 호기심에서, 먼저 편지를 본 사람들과 대략 비슷한 마음으로 부국장은 편지를 라디오 방송국 국장에게 보여주었다. 천성이 겁이 많은 국장은 그걸 두고 웃지는 않았지만 그렇다고 문제 삼지도 않았다. 그저 단순히 이렇게 말했을 뿐이다. 이런 일은 조심해야 돼요, 가끔 이런 식으로 마른하늘에 날벼락처럼 골칫거리가 생기기도 하니까. 이 말에 부국장은 이내 얼어붙어버렸다. 그로부터 이틀이 지나, 라디오 텔레비전 방송국의 사장인 '빅 보스'―직원들이 붙인 이름에 따르면―와 함께 커피를 마시는 자리에서, '빅 보스'가 파안대소하면서 그 '루시냐에서 날아온 유명한 편지'에 대해서 물었을 때에야 부국장은 마음이 놓이는 기분이었다.

또한, 라디오 텔레비전 방송국 사장과 당 사무국 비서,

그리고 겁 많은 라디오 국장이 함께 커피를 마시며 배꼽을 쥐고 깔깔거린 적도 있었다.

그러나 오래지 않아 그들은 웃음을 도로 삼키지 않으면 안 되었다. 일주일 후 사장이 바로 그 서신 건으로 중앙위원회의 한 부서로부터 전화를 받았던 것이다. 그는 왜 편지에 답을 하지 않았느냐는 힐난을 받았다. 사장은 반발했다. 편지가 날아들 때마다, 특히 그렇게 얼토당토않은 내용의 편지에 일일이 응대해주는 것이 라디오 텔레비전 방송국이 할 일은 아니라고 대꾸했던 것이다.

직원들은 대체로 '빅 보스'에 호감을 갖고 있지 않았으므로, 그가 곤경에 처했다는 것을 알고 쾌재를 불렀다. 하지만 지금 무슨 일이 벌어지고 있는지 풍문으로 들은 사람들은 일이 이렇게 되자 모두, 사장의 행동이 옳았으며 말이 나왔으니 말이지만 밑에서 올라오는 이런 편지들에 너무 지나치게 신경을 쓰는 것 아니냐는 의견들이었다.

그렇지만 그로부터 며칠 후 사장은 당 중앙위원회에 소환되었다가 일그러진 얼굴로 돌아왔다. 같은 날 오후에 열린 회의에서 당 사무국 비서는 밑에서부터 올라오는 지적들은 인정해주는 것이 옳다고 다시 한 번 강조한 후, 이윽고 자아비판을 하면서 말을 마쳤다. 그 뒤를 이어 사장이

짤막하게 발언을 했다. 그는 대중의 견해를 과소평가하는
것이 얼마나 나쁜 일인지 역설하고 난 다음, 루시냐의 편
지를 소홀하게 다룬 점에 대하여 역시 자아비판을 했다
(이건 전례 없는 일이었다!).

라디오 텔레비전 방송국 직원인 우리로서는 이 모든 일
들이 지나쳐 보였다. 그 회의가 있은 후 며칠 동안, 우리는
과연 그런 대수롭지 않은 일로 사장의 권위를 그렇게까지
훼손할 필요가 있었는지를 놓고 여러 차례에 걸쳐 토론을
했다. 모두들 적절하지 않은 처분이었다는 견해였다. 더구
나 사장 자신이 중앙위원회의 위원이었던데다가, 어쨌거
나 이번 경우에는 방송국의 이해를 옹호하려 했을 뿐이므
로 더더욱 그렇다는 생각이었다.

이 일로 우리 모두(여기에는 아마 사장 자신도 포함될
것이다)는 간담이 서늘하기는 했지만 한편으로는 일종의
안도감 같은 것을 느낀 것도 사실이다. 그렇게 해서 마침
내 '빅 보스'를 옭아매려는 누군가의 음해(우리에게는 이
사건이 이런 식으로 보였다)가 소기의 목적을 이루었을
테니까 말이다. 벽면을 장식하는 갖가지 슬로건(항상 인
민에게서 배우자…… 단순한 가르침을 늘 명심하자, 기타
등등)에서 따온, 상황에 어울리는 두세 마디의 말, 그걸로

사건은 종결되었다. 자아비판이야말로 정말이지 기적적인 미덕을 가진 해결책이었다.

하지만 당시에는 우리가 전체 노선을 잘못 판단하고 있다는 사실을 아무도 알지 못했다. 그로부터 일주일 후 다른 간부 직원들과 함께 사장이 당 회의에서 또다시 자아비판을 했으며, 더군다나 이번에는 더 열렬히, 더 진지하게 했다는 이야기가 전해진 후, 우리는 전 직원 회의를 통고받았다. (이번에도 또 이미 지나간 이 일 때문이라니, 이게 있을 수 있는 일이란 말인가? 아직도 이 일로, 그것도 전 직원을 소집하면서까지 계속 논란을 벌이고 있다는 게 정말 상상이나 할 수 있는 일인가?)

회의의 목적은 확실히 우리가 예감하고 있던 바로 그것이었다. 중앙위원회의 한 위원이 참석자들을 줄곧 쏘아보고 있었다. 당신들이 이 사건을 좀 지나치게 경솔하게 다루었다는 인상이 든다, 동지들. 당신들은 피상적인 자아비판만 몇 번 했을 뿐, 악의 근본 원인을, 악의 뿌리를 색출해내려고 하지 않았다. 그러나 당은 그렇게 호락호락하게 속아 넘어가지 않는다!

'빅 보스'의 두 눈은 피로에 절어 있었다. 다른 얼굴들도 지쳐 있기는 마찬가지였다. 왜냐하면 이건 앞으로 게

속될 회의의 시작에 불과했고, 우리는 이제부터 십자가를
짊어지고 고행길을 한 발 한 발 밟아나가서 회의가 완전
히 종결될 즈음에는 결국 칼자국과 멍과 지워지지 않는
상처로 범벅이 되어 알아볼 수도 없는 몰골이 되어 있을
테니까.

 사장의 권위를 보호해야 한다는 우리의 초기 논리와 그
의 심기가 불편하지나 않을까 하는 우려 등등은 까마득히
먼 옛날 일이 되어버렸다! 그때부터는 문제가 전혀 달라
졌다. 이젠 우리 모두에게 덮쳐드는 우박을 피하고 보는
것이 관건이었다. 하루하루가 지날 때마다, 우리의 심리
상태에는 전혀 예기치 못했던 변화들이 생겨났다. 바로 어
제까지만 해도 불합리하고 상상할 수도 없고 말 그대로 불
가능해 보였던 일이 별안간 얼마든지 받아들일 수 있는 일
이 되었고, 그 다음날에는 훨씬 더 끔찍한 또 하나의 장벽
이 무너져버리곤 했다.

 관직상 가장 먼저 문책을 당한 사람은 라디오국 국장이
었다. 그는 자기가 '이런 일은 조심해서 다루어야 한다,
때로는 이런 식으로 마른하늘에 날벼락처럼 골칫거리들이
생기기도 하니까' 라고 말하면서(이 말을 한 것은 틀림없
는 사실이었다) 루시냐의 그 편지에 우려를 보였노라며

해명하려 애썼지만, 그의 파멸을 재촉한 것은 다름 아닌 바로 그 발언이었다. 그 편지가 그렇게 우려되었다면 왜 문제를 제기하지 않았는가? 사장에게 잘못 보일까봐서? 노예근성 때문인가, 아니면 그보다도 더 나쁜 이유가 있는 것인가? 말하라, 동지, 스스로에게 질문을 해보라! 당신은 이 경망스러운 자들보다도 훨씬 더 위험한 자다. 당신은 눈앞에서 악을 보고도 눈 감아버리지 않았는가!

라디오 국장이 벽지로, 그 다음에는 탄광으로 추방을 당하고 나자, 대다수 사람들은 마침내 저들이 희생양을 찾아냈으니 우박의 광기가 가라앉을 것이라고 믿었다. 그러나 상황은 전혀 그렇지가 않았다. 언제나 하나같이 파멸을 초래하는 갖가지 회의들이 꼬리에 꼬리를 물고 이어졌다. 가장 끔찍한 것은, 바로 전날까지만 해도 받아들이기에는 너무나도 불길한 예감에 불과했던 것에 이제는 우리가 익숙해진다는 사실을 깨닫는 것이었다. 구렁텅이 안에는 또 다른 구덩이가 파였다. 아, 안 돼, 더이상은 안 돼, 모든 일에는 한계가 있는 법이야, 이것만으로도 이미 충분히 끔찍해! 하고 생각했지만, 다음날이면 그 끔찍함은 더이상 놀라울 것도 없는 일로 바뀌어 있었다. 그보다도 더 나쁜 건, 휘청거리는 양심이 전력을 다해 자신을 합리화할 구실을 찾아주고 있다는 사실이었다.

날이 갈수록 우리는 우리 자신이 집단적 죄의식이라는 톱니바퀴 속에 점점 더 휘말려 들어가고 있다는 것을 느꼈다. 우리는 단상에 올라 발언하고, 비판하고, 흙탕물을 끼얹어야 했다. 처음에는 우리 자신한테, 그 다음에는 다른 모든 사람들한테. 그보다 더 악마적일 수는 없는 메커니즘이었다. 일단 우리 자신을 더럽히고 나니, 그 다음에는 주변에 있는 모든 것을 더럽히는 일이 쉬워졌다. 하루하루가 갈수록, 시간이 흐를수록, 모든 도덕적 가치들은 훼손되어 갔다. 불건전한 도취감이 사람들의 정신을 사로잡았다. 타락의 쾌감과 보편화된 비천함의 쾌감이 그것이었다. 나를 팔아넘기게, 형제, 자네를 원망하지 않겠네, 나 자신도 이미 수도 없이 자네를 팔아넘겼다네…… 그러고서도 집단적 죄의식의 밧줄은 쉬지 않고 더욱더 옥죄어 들어왔다.

언뜻 보면 이 모든 것은 적의, 야심, 복수 등에 의해 움직이는 기계적인 전쟁에 불과했다. 그러나 좀더 자세히 들여다보면 상황은 훨씬 더 복잡했다. 여기에는 전혀 어울리지 않는 원료들이 서로 뒤얽혀 있는 광석처럼, 잔인함, 연민, 후회, 화를 모면했다는 주체할 수 없는 기쁨―이 기쁨은 머지않아 그 대가를 지불해야 하리라는 미신적인 두려

움으로 바뀌었다—등 지극히 모순적인 요소들이 뒤죽박
죽 섞여 있었던 것이다. 또한 논리와 일관성이 결여된 상
황은 운명론의 증가를 가져왔다. 그리하여 히스테리에 빠
져들지 않는 사람들이 타격을 받으면, 이들은 적의를 띤
묘한 동정심을 불러일으켰다. (불쌍하게 됐군! 하지만 쌤
통이지 뭐야, 자기들이 잘 빠져나왔다고 믿었던 게 경솔했
지……) 히스테릭한 사람들도 물론 타격을 받았다. 이들
은 남들보다 더 목청을 높여 고발당한 사람들에게 비난을
퍼부었고 가장 중한 처벌을 요구했다. 그리고 피고들의 파
멸은 그들에게 밀물 같은 만족감을 안겨주었다. (잘됐어!
세상 모든 일은 결국 대가를 치르는 거야……) 고집을 부
리고서 자아비판을 일언지하에 거부한 사람들도 벌을 받
았지만, 서둘러 피고들의 죄과를 공격하고 이들에게 불리
한 증거를 들이대느라고 바빴던 사람들 역시 몰락하기는
마찬가지였는데, 이들이 심지어 훨씬 더 깊은 구덩이로 굴
러 떨어지는 일도 있었다.

어느 쪽이 더 나은지는 도저히 파악이 불가능했다. 잠자
코 웅크리고 있는 게 나은지 맞서 싸우는 게 나은지, 높은
지위의 유명한 사람이 나은지 아니면 그저 평범한 사람이
나은지, 당을 등에 업고 있는 편이 나은지 아니면 당적이

없는 편이 나은지. 마치 지진이 났을 때처럼 확실한 피난처를 찾느라고 이리 뛰고 저리 뛰고 했지만, 난데없이 온갖 시련에 직면한 사람들은 속절없이 무너져만 갔다. 모든 것이 움직이고 있었고 제자리에 머물러 있는 것은 아무것도 없었는데, 이러한 불안정성은 사람들의 생각과 행동 속에도 반영이 되었다. 논리는 와해되어버렸고 버티려는 일체의 의지는 흩어져버렸으니, 하물며 반항하려는 의지는 두말할 필요도 없었다. '도대체 무슨 일이, 왜 벌어지고 있는 것인가?' 무모하게 이런 질문을 하는 사람은 아무도 없었을 것이다. 사람들은 이런 날벼락을 맞고도 최소한 분노의 감정조차 떠올리지 못했다.

오직 국가만이 감히 다가갈 수도, 손 댈 수도 없는 '숙명' 처럼 우뚝 서 있기 위해 우리 모두를 산산이 흩어버리고 파멸시키도록 처음부터 계획된 것이었을까, 아니면 단지 이해할 수 없는 여러 상황들이 얽히고설켜 생긴 시련에 국가가 대처하려는 몸부림이었을까? 확실히, 느닷없이 들이닥치는 충격, 그 충격이 어디에서 올지 예측할 수 없다는 점, 게다가 무엇보다도 충격의 대상이 무차별적으로 선택된다는 사실 등은 공포감과 동시에 권력에 대한 무기력한 찬탄을 불러일으켰다.

심리적으로 위축되고 영혼이 산산이 부서진 우리는 이 회의에서 저 회의로 불려다녔는데, 그럴 때마다 점점 더 하릴없이 무너져만 갔다. 과거에 재판소에서 일했던 한 동료에게서 전해 들은 말로는, 독방에 감금된 죄수들 사이에서 이런 정신적 몰락 증세가 현저하게 나타난다고 했다. 그래서 교화의 첫 단계로 죄수들을 독방에 감금한다고. 소란스러운 군중 속에서 겉으로는 자유로운 모습이었지만, 우리는 아마도 독방의 사방 벽면에 갇혀 있는 것 못지않게 외로웠던 것 같다. 심지어 어쩌면 그보다도 훨씬 더.

과거에는 재앙을 예고하는 불길한 전조 같았던 루시냐의 서신이 이제는 그런 일이 언제 있었던가 싶게 까마득히 먼 옛날의 일처럼 생각된다. 지금 그 편지는 어디에 있을까? 어느 문서 보관소의 서랍 속에, 아니면 어느 박물관에가 있을까? 그리고 길이가 약간 길어서 끌렸던 그 여성 사회자의 드레스, 사람 잡는 편지를 날아들게 했던 그 드레스는 어느 옷장 속에 처박혀 있을까?

만일 며칠 전에—이제는 완전히 다른 시대가 되어버린 그때—누군가가 사장이 커피 한 잔을 마시며 웃어 넘긴 편지 한 통이 화근이 되어 결국 해고당했다고 말했다면, 우리는 모두 배를 잡고 웃었을 것이다. 그렇지만 그런 시대는 실제로 와 있었고, 이제 그런 일로 놀라는 사람은 아무도 없었다. 심지어 우리 모두는 일종의 안도감에 사로잡혀 있었다. 곪았던 종기가 마침내 터져버렸으니까! 이제는 사장 자신부터 시작하여 모두가 드디어 마음의 안정을 찾을 수 있었다. 물론 당 중앙위원회의 위원에게 이보다 더 모욕적인 처벌은 없었을 것이다. 작은 N 마을 관청의 소분과 관할 책임자로 발령을 받았으니 말이다. 하지만 어쨌든 그곳에서도 그리 나쁘지는 않을 거라는 말이 심심찮게 들려왔다. 그가 승용차를 굴릴 수 있게 되리라는 것이었다. 뭐, 자동차의 상태야 비교적 한심스럽기는 했지만, 그래도 승용차를 말이다. 불안감으로 바싹바싹 속이 타들어가는 것보다야 백배 천배 더 나았다.

사실 사태를 그런 식으로 볼 수도 있었다. 회오리가 라디오 텔레비전 방송국을 휩쓸고 지나가자, 그때부터는 문화계 전반에 걸쳐 광기가 퍼져나갔기 때문이다. 자유주의적 발상이라는 중대한 과오가 도처에 촉수를 내밀고 있다는 말이 여기저기서 들려왔다. 작가 및 예술가 연합에서, 출판계에서, 영화계에서……

11

이제 팡파르는 내 생각과 보조를 같이하고 있었다. 팡파르 소리가 잠시 그친 것 같았기에 곧 다시 귀청을 때리며 크게 터질 거라고 생각했다. 하지만 실제로 소리가 그친 적은 없었다. 그냥 내가 받은 인상일 뿐이었다. 아마도 그때 그 사건을 회상하는 데 정신이 팔려, 무의식적으로 지나간 광기의 시간에 팡파르의 광적이고 불길한 소리를 대입하고 있었으리라.

태풍은 작가와 장관, 우익으로 알려진 사상, 영화, 고위 관리, 연극 작품을 차례차례 집어삼켰다. 전반적인 혼란 속에 '우익 편향 문화'라는 표현이 자꾸자꾸 귀에 들려왔고, 곧 '해당(害黨) 집단'이라는 훨씬 더 살벌한 말이 뒤를 따랐다.

현재 수도 티라너에서 진행되고 있는 일과 비교해보면 라디오 텔레비전 방송국의 전 사장이 N이라는 작은 마을에서 누리고 있는 생활도, 처음에는 대다수 사람들의 눈에 크게 몰락한 것으로 비치던 이 생활조차도 이제는 목가적인 것으로 보였다. 건물 페인트공, 세면대 수리공, 공중목욕탕 수리공을 관리하는 일만 하면 되니까! 이데올로기나 예술처럼 폭풍의 눈에 있는 분야들과 비교해본다면 이건 그야말로 평화로운 오아시스가 아닐 수 없었다. 속으로 은근히 그를 부러워할 만도 했던 것이다……

그러나 그런 평화도 오래가지는 못했다. 당 간부 한 명이 어느 날 N 마을에 갑자기 들이닥쳐서는, 현재 방송국 전(前) 사장의 정치적 활동의 전부라고 할 수 있는 당 세포 기관 회의에 참석한 것이다. 최근에 발생한 사건에 비추어볼 때, 당신은 당에 할 말이 없소?

회의는 그리 길지 않았고, 회의가 끝날 무렵 전 사장은 당 중앙위원회 위원 자격, 당원증, 마을 관청의 소분과 관할 책임자 자리, 그리고 잘 굴러가는 승용차까지, 마지막으로 남은 모든 것을 잃고 말았다. 그 다음날, 석회 얼룩이 튀지 않도록 머리에 페인트공이 쓰는 종이 모자를 쓰고 낡은 푸른색 작업복 차림으로 마을의 단순 잡역부로서 모습을 나타냈을 때, 그는 마침내 밑바닥을 쳤다는 생각에 안도를 느끼지 않았을까? 그건 아무도 알 길이 없었을 것이, 왜냐하면 그날부터는 어느 누구도 그에게 말을 걸어주지 않았기 때문이다. 매주 번갈아가며, 그는 페인트공으로 일하기도 했고 입을 꾹 다문 채 이름 없는 노동자로서 머리에는 얼룩이 지저분한 모자를 쓰고 아파트 화장실에서 타일 까는 일을 돕기도 했다.

그러나 비록 늦게라도 그는 결국 마음이 가라앉았을 것이다. 페인트 통에서, 하얀 사기 타일에서, 그리고 무엇보다도 이름 없는 존재로서 지킨 침묵에서, 무기력한 평온함이 생겨났을 것이다. 따라서 그가 체포되던 날 새벽에 누군가 문을 두드리는 소리는 그에게는 충격일 수밖에 없었다. 이제 더이상은 굴러 떨어질 일이 없고 구렁텅이의 밑바닥에 도달했다고 생각한 바로 그 순간에, 또다시 그는 추락의 공포를 겪을 운명이었던 것이다.

'도대체 왜?' 그가 몰락하기 시작했을 때부터 손에 수갑이 채워지던 날까지 악착같이 그를 잡고 놔주지 않던 이 저주받은 질문은 마침내 답을 얻게 될지도 몰랐다.

하지만 답은 없었다. 고독한 독방에서 교화를 받는 중에도 이 의문은 점점 더 깊어질 뿐이었다. 그리고 고소장이 낭독되고, 그 다음에는 징역 15년이라는 납처럼 무거운 형을 선고하는 판결문이 낭독될 때까지도, 의문은 풀리지 않았다.

그러고 나자 마침내 그는 안도했을 것이다. 이제 다시는 위협받을 일 없는, 차라리 행복에 가까운 안도감을 느끼게 되었을 것이다…… 크롬 광산 어딘가에 있는, 아가리를 쫙 벌리고 있는 캄캄하고 이름 없는 그 구덩이를 그가 어찌 알 수 있었으랴. 어둠 속에서 어떤 손이 그를 구덩이로 떠다미는 순간, 그는 일말의 생각도 할 겨를이 없었다. 추락은 너무나도 순식간에 이루어져서 질문이나 주저나 후회를 할 시간을 주지 않았다. 어쩌면 그는 외마디 비명을 지르면서 이 세상에서 떨어져 나갔는지도 모르며, 그 비명은 그가 추락하면서 수직벽을 잡기 위해 헛되이 내뻗는 두 팔만큼이나 본능적인 것이었으리라. 필사적으로 두 팔을 휘젓는 모습은 조류 인간이 허공을 가르고 나아가던 먼 옛날의 생존본능이 어렴풋한 기억으로 재연된 것이었지만, 영영 아무도 보지 못하고 말았다. 목격자가 없었던 탓이었을까, 그의 추락은 비현실적인 차원으로 빠져서 옛날 동화에 나오는 이야기처럼 저 비천한 아래쪽 세계의 어둠 속으로 빨려 들어가버리고 말았다.

그 안에서 그를 도로 꺼내 올려줄 독수리를 어디서 찾아내겠는가? 그리고 설사 찾아냈다 한들, 빠져나왔을 때는 이미 해골만 남은 상태가 되어 있지 않겠는가?

12

　팡파르가 계속해서 요란하게 쩌렁쩌렁 울려댔다. 이제 플라스틱 헬멧을 머리에 쓴 광부들이 행진을 하고 있었는데, 그 헬멧 때문에 광부들은 키가 작아 보였다. 어쩌면 크롬 광산에서 온 사람들인지도 모른다는 생각이 들었다. 잊어버리려고 순간순간 무척 애를 썼지만, 그 사건은 내 머리를 떠나지 않았다. 문제의 그 편지가 정말로 루시냐에서 날아온 것인지, 아니면 혹시 다른 어딘가에서 씌어져서 길거리 여기저기서 볼 수 있는 흔한 우체통에 누군가의 손으로 은밀하게 투입되었던 것은 아닌지, 수백 번 수천 번 생각해본 사람이 아마 나 하나만은 아닐 것이다.

　문화계 숙청이 이루어진 직후에 실시된 군(軍) 숙청도

역시 똑같은 방식으로 시작되었다. 숙청의 원인이 된 것은 당 위원회 본부 이웃 건물의 맞은편에서 실시된 탱크 훈련 계획이었다고 한다. 한편, 광석 한 덩어리를 꼬투리로 하여 생산직 분야에서도 숙청 운동이 시작되었다. 사보타주 시도의 신호탄이 된 수상쩍은 빛을 발하는 이 광석 한 덩어리를, 여성 사회자의 드레스나 탱크 훈련 계획처럼 수많은 사람들의 목을 달아나게 만든 그 광석 한 덩어리를, 누군가가 당 중앙위원회에까지 올려보내는 데 성공한 것이다.

됐어, 그만해! 하고 나는 여러 차례나 스스로에게 명했다. 더이상은 아무것도 기억하고 싶지 않았고, 슬픔을 끌어안고 그냥 조용히 있고 싶은 마음뿐이었다. 하지만 똑같은 생각들이 끈질기게 나를 괴롭혔다. 드레스, 훈련 계획, 수상쩍은 빛을 지닌 광석…… 그 광석이 죽음의 빛이 아닌 다른 어떤 빛을 낼 수 있었겠는가?

예전에 우리 회의실에서 벌어졌던 일이 전국의 광범위한 직종을 관통하면서 훨씬 더 큰 규모로 되풀이되었다. 처음에는 예술인들의 파멸을 고소하다는 시선으로 지켜보며 비웃던 군인들(그렇게 귀여움 받던 자유주의자 나리들께서 쌤통이시군, 드디어 혼 좀 나보라지!)은 막상 우박이 자기들에게 덮쳐들자 사시나무처럼 몸을 떨었다. 그럴 줄도 모르고 처음에 태평스러웠던 군인들을 조롱하던 생산직 종사자들도 나중에는 군인들과 똑같은 운명을 겪게 되었다. 그때부터는 다른 모든 분야의 사람들도 빈정대는 어투를 삼키고서 불안스럽게 자신들의 차례가 오기를 기다렸다.

같은 열병이 같은 발작을 자꾸 일으키듯, 이미 익숙해진 모습들이 꼬리에 꼬리를 물고 자꾸자꾸 나타났다. 냉정을 상실하고, 기가 죽고, 용기 없는 자신을 정당화하려 애쓰고, 굴복하고, 고발당한 사람들을 저버리는 모습들(아니 땐 굴뚝에 연기 나겠나. 안 그러면 왜 그렇게 중한 처벌을 받겠어?). 급기야는 약국에서 발륨*이 자취를 감추어버렸다(발륨을 달라고 하기만 해도 의심을 받았다). 연인들이 헤어졌고, 사람들은 우울증과 정신분열증에 시달렸다.

이 모든 것을 예고한 운명의 그림 삼부작은 여성 사회자의 끌리는 드레스, 군 수뇌부의 훈련 계획, 그리고 광석 한 덩어리가 그려진 정물화였다. 그러나 캔버스에는 아직 빈 공간이 남아 있었다. 수잔나가 들어갈 자리가……

---

* 신경 안정제.

나는 사람들의 물결치는 어깨 너머로 수잔나를 찾았다. 그녀가 저기 있었다. 너, 사랑하는 나의 불길한 여인아, 넌 어떤 별자리를 타고 태어났니?

만일 대대적인 숙청이 벌어지기 전이었다면, 그러니까 고위 간부의 딸이 옷 입는 스타일을 바꾼 것이 정치적 태풍을 몰고 올지도 모른다는 생각을 전에 누군가가 했다면, 그래서 고대 신화에 관한 책을 뒤져보고 거기서 꿈에도 생각지 못했던 현실과의 끔찍한 유사성을 발견했다면, 그 사람은 아마 미치광이 취급을 받거나 또는 일상을 실제보다 더 극적으로 과장하는 쾌락을 위해 언제든 불에다 기름을 쏟아부을 준비가 된 히스테리컬한 선동가로 낙인 찍혔을 것이다.

그러나 그 사이에 숙청 운동은 분명히 있었고, 일단 물이 불어난 큰 강물은 흘러가고 난 후에도 도처에 흔적을 남기듯이, 비록 오래전에 그 영향력이 약해지기는 했어도 숙청 운동은 우리 각자의 마음속에 여러 층의 진흙더미들을 켜켜이 쌓아놓고 있었다. 그리하여 전에는 대수롭지 않게 보아 넘기던 어떤 징후만으로도 마음과 정신이 경계 상태에 돌입했고, 꼬투리가 될 만한 것만 보이면 거의 미신적인 조심성과 병적인 경계심이 일어나면서 계속해서 의심, 불길한 예감, 해묵은 불안감 등등 수면 아래 가라앉아 있던 온갖 유령이 마치 악마의 원무(圓舞)처럼 차례대로 되살아나고는 했다.

그러니까 내 머릿속에서 고대 비극과 비교를 하게 만든 것은 그레이브스의 책도 아니었고 수잔나 아버지가 고위 간부라는 사실도 아니었으며 심지어 이런저런 우연한 유사성도 아니었다. 그냥 간단히, 몇 년 전에 발생했던 그 사건이 마치 폭군처럼 우리를, 나와 사람들을 계속해서 괴롭혀왔던 것이다. 사실 말이지만 그 일만 없었더라면, 생활 방식을 바꿔야겠다는 수잔나의 말은 그저 약혼을 앞둔 양갓집 규수가 몸가짐을 조신하게 하려는 관습적인 태도로 보아 넘겼을 것이다.

대회장에서 수군거리는 소리와 함께 가벼운 소란이 번져갔다. 뭔가? 무슨 일인가? 잠시 시간이 흐른 후, 대회장의 D코너인가 B코너의 어딘가에서 동구권 국가 외교관들이 자리를 뜨는 중이라는 것이 알려졌다. 퍼레이드 행렬에서 바르샤바 조약*을 맹렬히 비난하는 첫번째 플래카드가

---

* 제2차 세계대전 후 심각한 동서 대립 속에서 서독의 재무장과 NATO(북대서양조약기구)에 대항하기 위해 1955년 5월 바르샤바에서 동구권 국가들이 체결한 군사동맹조약기구. 체결국은 소련·폴란드·동독·헝가리·루마니

모습을 드러내자, 해마다 그래왔듯이 똑같은 시나리오가 반복된 것이다. 몇 분 후, 이번에는 몸통이 작고 팔다리가 긴 한 남자가 '제3세계** 이론＝반동 이론' 이라는 슬로건이 적힌 플래카드를 높이 쳐들었고, 이어 중국인들이 나가버렸다.

킥킥거리는 웃음소리가 대회장 여기저기서 터져 나왔다.

그러는 동안 동구권 국가 외교관들이 자리를 뜨게 만들었던 플래카드가 우리 있는 곳까지 왔지만, 나는 멍한 시선으로 계속해서 다른 플래카드들을 쳐다보았다. '우리는 비상계엄 상태로 살아야 한다!' '규율, 군사 훈련, 생산적 노동!'

나는 곁눈질로 주변 사람들을 흘낏거렸다. 다음에 언젠가는 여기 있는 사람들 가운데 누군가가 대회장을 떠나야 하지 않을까? 우리 모두는 이미 환희의 좌석을 떠날 날짜와 시간이 정해져 있으니 말이다.

Th. D.가 B코너에 있을 것 같아서, 나는 마지막으로 그

아·불가리아·알바니아·체코슬로바키아 등 8개국이었으나, 알바니아는 소련과 의견을 달리하여 1968년 9월에 탈퇴하였다.
** 일반적으로 제2차 세계대전 이후 미·소 어느 진영에도 가담하지 않고 비동맹 노선을 취했던 개발도상국들의 총칭.

를 한번 보기 위해 B코너 쪽으로 고개를 돌렸다. 그에게는 지금이 대회장을 떠날 시간일까? 혹 그가 의식하지 못하는 사이에 그 시간이 이미 지나가 있지는 않을까?

그럼 너는 어떤가? 하는 생각이 들었다. 남의 시간이나 재보며 재미있어하는 너는 과연 네 시간이 언제인지 알기나 하느냐?

수잔나의 머리에 꽂은 핀이 반짝거려 다시금 내 생각은 그녀 쪽으로 모아졌다. 아니다, 이건 단순히 그녀가 도덕성을 과시하고 싶어서도 아니고, 약혼을 앞둔 여자가 일시적으로 조신하게 행동하려는 것도 아니며, 최고 지도자 동지가 그녀의 아버지에게 어떤 충고(좀 조심성을 보여야 할 것 같소, 일시적으로라도 말이오. 최근에 우리 자녀들의 무분별한 행동을 두고 좀 지나친 말들이 떠돌고 있어요)를 했기 때문도 절대 아니다. 그렇다, 카산드라*보다도 훨씬 더 선명하게, 나의 눈에는 제단 위에 피로 물든 백정의 도끼와 관들이 보였다.

---

* 프리아모스 왕의 딸로, 아폴로 신에게서 미래를 예언하는 능력을 받았지만 그를 거부하여 아무도 그녀의 예언을 믿지 않는 저주도 함께 받았다. 그녀의 예언대로 트로이는 함락되었고 자신도 죽임을 당했다. 카산드라는 나쁜 일이나 재앙을 예언하는 사람의 대명사로 쓰인다.

이제 스탈린의 초상화가 다가오자, 초상화를 든 사람들의 발걸음에 따라 규칙적인 형상이 파도 모양으로 가볍게 굽이쳤다. 어색한 미소로 주름 잡힌 그의 두 눈이 온통 지평선 전체를 차지하고 있었다. 당신은 아들 야코프를 왜 희생시켰는가……?

굽이치는 거대한 플래카드에서 나는 시선을 거둘 수가 없었다. 나는 속으로 웅얼거렸다. 당신의 아들 야코프, 그의 영혼에 평화가 깃들기를……

우리 세대에 통용되는 언어에서 완전히 추방되어 있던 케케묵은 이 표현이 느닷없이 튀어나오는 바람에 나는 깜짝 놀랐다. 인간 조건의 나약함을 상기시키는 부드럽고 동정적인 이러한 표현 수십 개가 우리 일상에서 추방된 지는 이미 오래였다. 종탑이라든가 기도, 촛대, 동정심, 회개…… 등등도 마찬가지였다. 주여, 죄악의 승리에 아무것도 방해가 되지 못하도록 모든 것이 완벽하게 뿌리뽑혀 있나이다!

야코프, 당신 아들, 그의 영혼에 평화가 깃들기를. 당신은 왜 그를 내다바쳤는가……? 날이면 날마다 군 장성들은 당신의 결정을 번복시키려고 애썼다. 전쟁 포로의 교환은 당시에 성행하던 일이었다. 하물며 당신 아들이라면 두

말할 필요가 있었는가. 무엇보다도, 그런 상황에서 모든 이들의 운명을 책임지고 있는 당신 자신의 마음의 균형을 위해서라도 그렇게 했어야 하지 않은가? 그러나 당신은 고집을 부렸다. 안 돼, 절대로 안 돼! 그렇게 대답했을 때, 당신은 대체 머릿속에 무슨 생각을 갖고 있었는가? 오, 스핑크스처럼 불가사의한 인간아!

수잔나 아버지의 초상화는 아마 서열 10위로, 스탈린에게서 멀지 않은 곳에 등장했던 것 같다. 자넨 절대 수잔나가 변한 이유를 이해하지 못해, 라고 그의 시선은 내게 말하고 있었다. 자네가 아무리 그 아이의 질을 뚫고 들어갔다 해도, 심지어 마음속을 꿰뚫고 들어갔다 해도 다 소용없네. 그애 자신도 모르는 것이니 자넨 절대로 알 수 없을 거야.

행진의 촘촘한 대열이 한도 끝도 없이 연이어졌다. 아가멤논의 초상화만 빠져 있을 뿐이었다. 정치국 위원이며, 앞으로 제물을 바칠 모든 사람들의 절대적 주인인 아가멤논 아트레우스 동지의 초상화만이. 희생제의 창시자로서, 고전적인 본보기로서, 그는 아마 누구보다도 이 사건의 동기를 잘 알고 있겠지.

13

퍼레이드가 막바지에 다다른 것 같았다. 전통에 따라 문화계 기관들이 퍼레이드의 끄트머리를 장식하고 있었다. 오페라 학교와 발레 학교, 영화 촬영 스튜디오, 티라너 대학교 등이. 라디오 텔레비전 방송국 동료들이 내가 앉아 있는 관중석 바로 아래를 지나갈 때 나는 최대한 몸을 숨겼다. 그 뒤를 따라 제작국 사람들과 분장실 사람들, 그리고 신녀(神女)처럼 긴 드레스 차림을 한 저녁 뉴스 여성 진행자들이 등장했다……

몇 분 후, 퍼레이드는 끝났다. 맨 마지막 행진자들이 박수갈채와 함께 환호성을 내지른 후 스칸데르베그 광장으로 빠르게 멀어지는 동안, 관중석은 예상했던 것보다 빨리

비워지기 시작했다. 초대받은 사람들은 평소에 너무나 고대해왔던 저녁 식사나 재판을 끝낸 후, 혹은 사랑의 포옹을 하고 난 후처럼 약간 얼떨떨한 얼굴로 계단석을 내려왔다. 두세 번 수잔나가 보였지만, 이내 시야에서 다시 사라졌다.

서서히, 나는 마침내 대로에 나와 있는 나를, 갑자기 불타는 듯 뜨거운 태양 아래 무기력하게 앞으로 나아가는 참가자들의 물결 속에 섞여 있는 나 자신을 발견했다. 종이꽃과 화관 등 쓰레기가 온통 땅바닥을 뒤덮고 있었다. 터지고 발길에 채인 풍선들이 먼지 속에서 뒹굴고 있었다. 더이상 아무도 똑바로 잡고 있으려 하지 않는 거대한 초상화들이 비스듬히 매달린 채 비뚜름한 시선으로 앞을 쏘아보고 있거나, 때로는 심지어 머리를 아래쪽으로 향하고 있기도 했다. 어디서나 땀에 절은 피로와 전반적으로 긴장이 풀어진 분위기가 느껴졌다.

아마 이런 식으로 2,800년 전에 그리스 병사들은 이피게네이아의 희생을 지켜본 후 숙소로 돌아가고 있었는지도 모르겠다. 제단 위에 흩뿌려진 피의 광경에 얼굴은 하얗게 질리고, 앞으로 절대 메워지지 않을 뻥 뚫린 구멍을 가슴에 안고서. 그들은 한 마디도 하지 않았고, 머릿속에

는 거의 아무 생각이 떠오르지 않거나 아니면 똑같은 생각
만이 진저리나게 되풀이되었다. 그전까지는 기회만 오면
언제든 떠나버리기로 단단히 벼르고 있던 병사 테우크르
에게 이제 이런 계획은 아득히 먼 과거의 일이 되어버린
것 같았다. 또 다른 병사 이도메네스도 사령관이 먼저 내
뱉은 가혹한 말에 대거리를 하겠다고 작심했던 것이 이제
는 너무나 낯설게 생각되었다. 약혼녀를 찾아가기 위해 살
짝 빠져나갈 계획이던 아스티아낙스도 당황스럽기는 마찬
가지였다. 그전까지는 그녀에 대한 그리움이 너무 커서 무
단 외출쯤은 누워서 식은 죽 먹기로 생각되었는데…… 전
쟁의 긴장감을 조금이라도 풀어줄 수 있는 경쾌하고 즐거
운 모든 것들, 농지거리와 빈둥대기, 사창가에서 보낸 방
탕한 저녁 시간 등등, 이 모든 것들이 위태롭게 흔들리고
있었다. 최고 사령관인 아가멤논이 자신의 딸을 제물로 바
쳤다면, 누구에게도 동정은 없을 것이기 때문이었다. 도끼
는 이미 피로 물들어 있었다……

　불현듯, 수수께끼의 의미를 파악한 것 같았다. 알 것 같
다는 느낌이 너무나도 강하게 든 나머지, 마치 현실 세계
의 광경 때문에 드디어 밝혀지기 시작하는 진실이 도로 숨
어버리기라도 할까봐서, 나는 걸음을 멈추고 지그시 두 눈

을 감았다…… 야코프, 그의 영혼에 평화가 깃들기를. 그는 독재자가 주장했듯이 다른 평범한 러시아 병사와 똑같은 운명을 겪기 위해서가 아니라, 아무에게나 죽음을 요구할 권리를 독재자에게 부여해주기 위해서 희생된 것이었다. 이피게네이아가 아가멤논에게 학살의 포문을 열 권리를 부여해준 것과 같이……

희생자는 함대의 출항을 가로막는 강풍이 가라앉으리라는 믿음과는 아무 상관이 없었으며, 모든 러시아 젊은이가 죽음 앞에서 평등하다는 도덕적 원칙과도 아무런 관련이 없었다. 그렇다, 그건 단순히 독재자들의 파렴치한 계략일 뿐이었다.

나는 안다, 당신이 결국 수잔나를 이용하여 무엇을 얻어내려 하는지…… 당신의 도끼가 피로 물들지는 않겠지만, 아무리 얼룩 하나 없이 깨끗하다 해도, 그것 역시 잔인하게 사람을 후려칠 수 있는 무기다.

수잔나가 내게 자신의 결정을 알린 후로, 어쩌면 나는 진실에 한 걸음씩 다가가 이미 오래전에 답을 알고 있었는지도 모르겠다. 그녀의 아버지가 요구한 바는 별것 아닌 것처럼 보였지만, 실상은 훨씬 더 무서운 것이었다. 비록 사람들의 눈에 보이지는 않아도, 지극히 잔인한 희생 가운데서도 손꼽힐 만한 것이었다. 연이은 파멸을 불러왔던 루시냐의 편지, 수상쩍은 빛을 띤 광석 한 덩어리, 그리고 군 참모부의 치명적인 훈련 계획보다도, 수잔나의 희생은 분명 공포의 희생자들보다 훨씬 더 삭막한 결과를 가져오리라…… 수많은 사람들이 숨죽이며 보낸 밤들이 산더미 같은 시체보다 덜 중요할까? 아니면 숨막히는 늦가을, 무색무취의 가스에 질식된 저녁 시간의 담소, 더러워지고 시큼한 냄새 풍기는 눈과 겨울 향기는 또 어떤가? 쓸모없는 장식품이 되어버린 수영장 주변의 벤치들, 김빠진 맥주처럼 활기 없는 학생 파티, 강렬한 리듬 없는 탱고, 텅 빈 복도를 울리는 한밤의 청동 시계, 그리고 다 해지고 낡은 거울 앞의 헤어브러시와 보석과 모피 코트……

그렇다, 수잔나가 내게 고해온 것은 삶의 영원한 메마름이었다. 사막 한가운데 서 있는 선인장처럼 고통스럽게 최후의 생명수 몇 방울을 몸 속에 응축시키고 있는 삶.

당신이야말로 독(毒)이며 재앙의 망령이다! 나는 마음 속으로 외쳤다. 루시냐의 편지와 광석과 참모부의 계획은 분명 일련의 숙청 운동을 야기했다. 그러나 어떤 칼카스도 희생을 권고하지 않았다. 그렇다, 수잔나 아버지 자신도 자기가 무슨 일을 하는지 아마 몰랐을 것이다. 다른 누군

가가, 최고 지도자 동지가, 수잔나 아버지를 자기 후계자
로 지정하는 작업을 진행중이었던 그가 요구한 것이 분명
했다. (아빠는 정이 많은 분이야, 하고 수잔나는 내게 말
했었다. 남을 질책할 줄을 모르는 분이야……)

어쩌면 지도자 동지도 역시 그의 심성을 파악하고서 자
기 나름의 방식으로 그에게 이렇게 말했는지도 모른다. 두
도끼 가운데 하나를 택하시오. 피 묻은 도끼를 쓸 마음이
생기지 않으면 깨끗한 것을 잡아요. 하지만 이제부터는 내
가 살아 있는 동안, 당신의 능력을 보여주시오. 내리치시
오! 사용할 줄만 안다면 깨끗한 도끼가 피로 얼룩진 도끼
보다 훨씬 더 무서운 것이 될 수도 있으니.

그러니까 수잔나가 내게 고해온 것은 그 두번째 도끼였
다. 다른 도끼, 즉 피 묻은 도끼로 얻어맞기에도 지친 이
나라는 이제 새로운 형태의 공포 정치의 대상이 되려 하고
있었다.

하느님, 이 나라를 비인간화에서 구하소서. 나는 다시금
마음속으로 외쳤다. 또 하나의 황폐화를 막아주소서. 동쪽
에서 날아오는 숨막히는 열기와 먼지 사막도 하지 못했던
짓을, 이 나라는 저 스스로에게 하고 있는 중입니다!

지칠 대로 지친 행사 참가자들이 어깨 위로 들고 있는

플래카드들이 좌우에서 흔들거렸다. '삶의 혁명화를 더욱
강화하자' '학습, 생산적 노동, 군사 훈련'!

그런데 퍼레이드가 계속되는 내내 내가 보고 있던 것이
바로 이것이 아닌가! 나는 생각했다. 최근 몇 년 동안 귀
에 못이 박이도록 끊임없이 듣고 또 들어왔던 것이 바로
이런 구호들이었다. 사랑의 한탄, 애조 띤 황혼의 유리창,
보석, 무도회의 음악은 이런 구호들로 대체되어야 했다.
생산적 노동, 군사 훈련, 지도자 동지의 업적 학습…… 그
러나 이런 구호가 우리의 일상에 각인되지 못했으니 이제
다시 새로운 운동이 예고되고 있는 것이다.

혁명가로서 일하고, 살고, 생각하자…… 모든 것을 혁
명하자…… 삶을 자갈 벌판으로 만들어버리려면 그처럼
메마른 세월이 얼마나 오래 지속되어야 하는 걸까? 그런
데 도대체 왜? 삶이 시들고 무감각해져야 통제하기 편리
하니까.

관자놀이가 망치로 때리는 듯이 아파왔지만, 나는 여전
히 고삐 풀린 망아지처럼 이리저리 날뛰는 생각들을 제어
하지 못하고 있었다. 빌어먹을, 도대체 어떻게 여성의 성
기를 혁명한단 말인가? 근본부터 따지고 들자면 혁명을
시작해야 할 곳은 바로 거기다. 모든 삶의 원천인 거기 말

이다…… 성기의 면모를, 성기 위로 볼록 솟은 검은 트라이앵글의, 촉촉한 소음순의 면모를 일신해야 한다…… 모든 오르가슴의 기억, 수천 년에 걸친 쾌락의 기억을 제거하고 성기를 재교육해야 한다……

내 기분이 그렇게 절망적이지만 않았어도 아마 웃음을 터뜨리고 말았을 것이다.

학습, 생산적 노동, 군사 훈련이라는 혁명의 트라이앵글…… 그럼 여성 성기의 검은 트라이앵글은 과연 어떻게 될까? 바싹 말라서 갈라지고 누렇게 시들어 보잘것없는 잡초만이 듬성듬성 난 황량한 풀밭이 될까?

이제까지 플래카드가 이렇게 빽빽하게 많았던 적은 없었다. 아, 풀 얘기가 나오는 유명한 플래카드도 마침 저기 있군. '우리는 필요할 경우 풀을 먹을지언정 마르크스-레닌주의 원칙은 결단코 포기하지 않는다!'

그동안 눈이 멀었었군! 나는 나 자신에게 말했다. 진실은 바로 네 눈앞에 있었는데, 너는 3,000년이나 먼 과거로 실마리를 찾으러 갔구나…… 책을 뒤져보고, 전혀 필요하지도 않은 뭔가를 찾아서 두뇌를 혹사시켜가며 스스로를 괴롭혔구나.

그래서 뭐가 어떻단 말인가? 나는 나의 자책감에 반발

했다. 내가 틀렸는가? 수잔나가 내게 전해준 신호는 분명하고도 명확했다. 중요한 건 그것이었다. 반면에 피투성이가 된 이피게네이아는 그게 아니었다고 말하지 못했을 뿐이었다. 오히려 그 반대였다.

그 옛날에 그랬듯이, 이제 모든 것은 다시 되풀이되고 있다. 어쩌면 훨씬 더 잔혹한 방식으로. 아울리스 해안에서 그리스 함대들이 차례로 트로이를 향해 출항한다. 사람들은 하나하나 닻을 감아올린다. 닻에서는 무거운 자갈들이 풀리고, 자갈은 거품 이는 물결 속으로 소란스럽게 떨어져내린다. 정박지에 배를 묶어놓았던 밧줄이 하나씩 끊어진다. 흡사 마지막 희망과도 같이.

트로이 전쟁은 시작되었다.

메마른 삶에 장애가 되는 것은 더이상 아무것도 없다.

1985년 티라너에서.

1936년 　　1월 28일 알바니아 남부, 지로카스트라에서 태어남. 초·중등 교육과정을 지로카스트라에서 마친 후 티라나 대학교에서 언어학과 문학을 공부함.

1956년 　　교사 자격증 취득.

1958~1960년 　모스크바에 있는 고리키 문학연구소에서 공부함.

1960년 　　알바니아가 소련과 외교 관계를 단절하자 알바니아로 귀국. 문학잡지 〈드리타 *Drita*〉에서 근무하며 작품 활동 시작.

1963년 　　첫 장편소설『죽은 군대의 장군 *Gjenerali i ushtrisë së vdekur*』발표.

1964년 　　시집『이 산들은 무슨 생각을 할까 *Përse mendohen këto male*』발표.

1968년 　　장편소설『결혼 *Dasma*』발표.

1970년 　　장편소설『성 *Kështjella*』발표. 프랑스어판『죽은 군대의 장군 *Le Général de l'armée morte*』출간. 알바니아 인민회의 의원으로 선출됨.

1971년 　　장편소설『돌의 연대기 *Kronikë në gur*』발표.

1972년 　　알바니아 노동당 가입.

1973년   프랑스어판 『돌로 된 도시의 연대기 *Chronique de la ville de pierre*』 출간.

1975년   장편소설 『어느 수도의 11월 *Nëntori i një kryeqyteti*』 발표.

1977년   장편소설 『위대한 겨울 *Dimri i madh*』 발표.

1978년   장편소설 『세 개의 아치가 있는 다리 *Ura me tri harqe*』 『위대한 파샤 *Pashallëqet e mëdha*』 발표. 프랑스어판 『위대한 겨울 *Le Grand hiver*』 출간.

1980년   장편소설 『꿈의 궁전 *Nënpunësi i pallatit të ëndrrave*』 발표. 오토만제국의 수도를 배경으로 우화와 알레고리 기법을 통해 전제주의를 비판한 작품으로, 발표 즉시 출간 금지되었다. 장편소설 『부서진 사월 *Prilli i thyer*』 『누가 도룬틴을 데려왔나? *Kush e solli Doruntinën*』 『우울한 해 *Viti i mbrapshtë*』 발표.

1981년   장편소설 『H 서류 *Dosja H*』 발표. 프랑스어판 『부서진 사월 *Avril brisé*』 『세 개의 아치가 있는 다리 *Le Pont aux trois arches*』 출간.

1984년   『위대한 파샤』가 프랑스어판 『치욕의 둥지 *La Niche de la honte*』로 제목이 바뀌어 출간됨.

1985년   장편소설 『달빛 *Nata me hënë*』 발표. 『성』이 프랑스어판 『비의 북소리 *Les Tambours de la pluie*』로 제목이 바뀌어 출간됨.

1986년   프랑스어판 『누가 도룬틴을 데려왔나? *Qui a ramené*

Doruntine?』 출간.

1987년   프랑스어판『우울한 해 *L'Année noire*』 출간.

1988년   『콘서트 *Koncert në fund të dimrit*』 발표. 프랑스어판
『콘서트 *Le Concert*』 출간. 1970년대 중국과 알바니
아의 관계를 다룬 작품으로, 1978~1981년에 집필되
었으나 검열에 걸려 출간 금지되었다. 프랑스 문학잡
지 〈리르〉에서 그해 최고의 소설로 선정했다.

1989년   프랑스어판『H 서류 *Le Dossier H*』 출간.

1990년   공산주의 독재 체제에 위협을 느껴 프랑스로 망명함.
프랑스어판『꿈의 궁전 *Le Palais des rêves*』 출간.

1991년   장편소설『괴물 *Përbindëshi*』 발표. 1965년 단편으로
출간되었으나 검열에 걸려 빛을 보지 못하다가 이후
장편으로 개작해 재출간. 프랑스어판『괴물 *Le
Monstre*』 출간.

1992년   치노 델 두카 국제상 수상. 장편소설『피라미드
Piramida』 발표. 프랑스어판『피라미드 *La Pyramide*』
출간.

1993년   프랑스 파야르 출판사에서 '이스마일 카다레 전집'
을 출간하기 시작함(2004년까지 총 12권 출간). 프
랑스어판『달빛 *Clair de lune*』 출간.

1994년   장편소설『그림자 *Hija*』 발표(집필은 1984~1986년).
프랑스어판『그림자 *L'Ombre*』 출간.

1995년   장편소설『독수리 *Shkaba*』, 에세이『알바니아, 발칸

반도의 얼굴 *Albanie, Visage des Balkans*』발표.

1996년   프랑스 학사원의 하나인 아카데미 데 시앙스 모랄 에 폴리티크의 평생회원으로 선출됨. 프랑스 레지옹 도뇌르(오피시에) 훈장 수훈. 산문집『알랭 보스케와의 대화 *Dialog me Alain Bosquet*』, 장편소설『스피리투스 *Spiritus*』발표. 프랑스어판『독수리 *L'Aigle*』『스피리투스 *Spiritus*』출간.

1997년   에세이『천사의 사촌 *Kushëriri i engjëjve*』발표.

1998년   단편집『코소보를 위한 세 편의 애가 *Tri këngë zie për Kosovën*』발표. 모스크바 유학 시절 발표한 습작품『선전 없는 도시 *La ville sans enseignes*』출간.

1999년   소설집『남쪽으로 날아가는 철새 *Ikja e shtërgut*』발표.

2000년   장편소설『사월의 서리꽃 *Lulet e ftohta të marsit*』발표.

2002년   장편소설『룰 마즈렉의 삶과 죽음 *Jeta, loja dhe vdekja e Lul Mazrekut*』발표.

2003년   장편소설『아가멤논의 딸 *Vajza e Agamemnonit*』(집필은 1985년)과 그 속편 격인『누가 후계자를 죽였는가 *Pasardhësi*』발표. 프랑스어판『아가멤논의 딸 *La Fille d'Agamemnon*』『누가 후계자를 죽였는가 *Le Successeur*』출간.

2005년   제1회 맨부커 인터내셔널상 수상. 소설집『광기의 풍토 *Cështje të marrëzisë*』발표. 프랑스어판『광기의 풍토 *Un Climat de folie*』출간.

2006년   에세이『햄릿, 불가능의 왕자 *Hamleti, princi i vështire*』
        발표.

2007년   프랑스어판『햄릿, 불가능의 왕자 *Hamlet, ce prince
        impossible*』출간.

2008년   장편소설『사고 *L'Accident*』(프랑스에서 먼저 출간
        됨), 『잘못된 만찬 *Darka e gabuar*』 발표.

2009년   스페인의 아스투리아스 왕자상(문학부문) 수상. 장
        편소설『떠나지 못하는 여자 *E Penguara*』 발표. 프랑
        스어판『잘못된 만찬 *Le Dîner de trop*』출간.

2010년   알바니아에서『사고 *Aksidenti*』출간. 프랑스어판『떠
        나지 못하는 여자 *L'Entravée*』출간.

2013년   단편집『12월 어느 오후의 빛나는 대화 *Bisedë për
        brilantet në pasditen e dhjetorit*』발표.

2014년   장편소설『티라나의 안개 *Mjegullat e Tiranës*』 출간
        (집필은 1957~1958년). 에세이『카페 로스탕에서의
        아침 *Mëngjeset në Kafe Rostand*』발표.

2015년   장편소설『인형 *Kukulla*』 발표. 프랑스어판『인형 *La
        Poupée*』출간.

2016년   프랑스 레지옹 도뇌르(코망되르) 훈장 수훈.

2017년   프랑스어판『카페 로스탕에서의 아침 *Matinées au
        Café Rostand*』출간

지은이 **이스마일 카다레**

1936년 알바니아 남부 지로카스트라에서 태어났다. 티라나 대학교에서 언어학과 문학을 공부했고, 모스크바의 고리키 문학연구소에서 수학했다. 1963년 발표한 첫 장편소설『죽은 군대의 장군』으로 세계적인 명성을 얻었고, 이후『꿈의 궁전』『부서진 사월』『H 서류』『누가 후계자를 죽였는가』『광기의 풍토』등 많은 작품을 통해 암울한 조국의 현실을 우화적으로 그려내는 자신만의 독특한 문학세계를 구축했다.

옮긴이 **우종길**

전문번역가. 프랑스 캉 대학교에서 문학박사 학위 취득. 번역서로『판지셰르의 사자 마수드』『천사는 두 개의 날개를 가지고 있다』『수단 항구』『태양을 삼킨 람세스』『나일 강 위로 흐르는 빛의 도시』『신－인간 혹은 삶의 의미』『기계』『하늘에서와 같이 땅에서도』『37.2도 아침』『사르트르』등이 있다.

문학동네 세계문학
아가멤논의 딸

1판 1쇄 2007년 11월 5일 | 1판 2쇄 2019년 9월 30일

지은이 이스마일 카다레 | 옮긴이 우종길 | 펴낸이 염현숙
책임편집 조현나 이은현 | 저작권 한문숙 김지영
마케팅 정민호 정진아 함유지 김혜연 박지영 김수현 | 홍보 김희숙 김상만 오혜림
제작 강신은 김동욱 임현식 | 제작처 영신사(인쇄) 경일제책(제본)

펴낸곳 (주)문학동네
출판등록 1993년 10월 22일 제406-2003-000045호
주소 10881 경기도 파주시 회동길 210
전자우편 editor@munhak.com | 대표전화 031) 955-8888 | 팩스 031) 955-8855
문의전화 031) 955-8896(마케팅) 031) 955-8860(편집)
문학동네카페 http://cafe.naver.com/mhdn

ISBN 978-89-546-0421-5 03890

www.munhak.com

이스마일 카다레
Ismaïl Kadaré

'유머러스한 비극과 기괴한 웃음'을 담은 작품세계로 독특한 문학적 영토를 일궈온 세계문학의 거장. 한 시대의 사건을 이야기하면서 그 속에 전(全) 시대를 아우르는 우리 시대의 위대한 작가이며, 잊힌 땅 알바니아를 역사의 망각에서 끌어낸 '문학 대사'이기도 하다. 해마다 유력한 노벨문학상 후보로 거론되고 있다.

죽은 군대의 장군   이창실 옮김

발칸반도의 '문학 대사' 이스마일 카다레, 그 문학세계의 서막을 연 첫 장편소설. 제2차세계대전이 끝나고 이십여 년 후, 알바니아에 묻힌 자국 군인들의 유해를 찾아 나선 어느 외국인 장군의 시선을 통해 전쟁의 추악함과 부조리성을 폭로하는 이 소설은 알바니아에서 발표된 직후 불가리아, 프랑스, 이탈리아 등 여러 나라에서 번역 출간되며 카다레에게 세계적 명성을 안겨주었다.

〈르몽드〉 선정 20세기 100대 소설

부서진 사월   유정희 옮김

복수가 복수를 부르는 죽음과 전설의 땅 알바니아, 그 신화의 세계에서 펼쳐지는 비극적이고 환상적인 이야기. 피의 복수를 정당화하는 관습법 '카눈'에 의해 두 가문 사이에서 벌어지는 끝없는 죽음의 대서사시를 그렸다. 영화 〈태양의 저편〉의 원작 소설.

사고   양영란 옮김

위태로운 사랑과 그 불안을 추적하는 어느 조사원의 치밀한 조서. 단순해 보이면서도 한없이 복잡하고 미묘한 현대의 사랑, 그리고 그 안에 잠재된 불안에 대한 깊은 성찰을 통해, 사망 사고를 둘러싼 미스터리와 두 연인의 에로티시즘을 녹여낸 작품.

광기의 풍토   이창실 옮김

「광기의 풍토」(2004) 「거만한 여자」(1974) 「술의 나날」(1962) 세 단편을 모은 소설집. 1960년대에서 2000년대에 이르는 폭넓은 작품 발표 시점만큼 이스마일 카다레의 다양한 문학적 면모를 담고 있다. 시대의 권력과 이데올로기에 휩쓸리는 인간 군상이 펼치는 광기의 변주곡!